新 潮 文 庫

達人に訊け！

ビートたけし著

新 潮 社 版

8697

目次

僕らはみんな虫なんだ
虫の達人　奥本大三郎　フランス文学者・日本昆虫協会会長　9
宇宙人はきっといる
宇宙の達人　毛利衛　宇宙飛行士・日本科学未来館館長　35
「勝つ」って虚しいことなんです
麻雀の達人　桜井章一　雀鬼会会長　63
名セリフは直訳では生まれない
字幕の達人　戸田奈津子　翻訳家　91
数学者は美しいのがお好き
数学の達人　藤原正彦　お茶の水女子大学教授　119

言葉は多数決なんです
日本語の達人　北原保雄　前筑波大学学長・日本学生支援機構理事長　147
不潔だから健康なんだ
寄生虫の達人　藤田紘一郎　東京医科歯科大学名誉教授　175
女性は香りで男を選ぶ
香りの達人　中村祥二　「国際香りと文化の会」会長　203
超一流馬の見分け方、教えます
競馬の達人　岡部幸雄　元騎手　231
真似できないものを作れなきゃ
金型プレスの達人　岡野雅行　岡野工業代表社員　259
ハシゴを上れ――あとがき

写真　窪田真

達人に訊け！

虫の達人　奥本大三郎

フランス文学者・
日本昆虫協会会長

僕らはみんな虫なんだ

おくもと・だいさぶろう

昭和19年大阪生まれ。東京大学大学院人文科学研究科博士課程中退。横浜国大助教授を経て、平成2年より埼玉大学教授。平成3年日本昆虫協会設立、同会長に就任。

何十年目の真実

たけし　先生とおいらの年の差は三歳ぐらいだから、同じ世代ですよね。子供の頃は環七できる前で、足立区でも池はあるし林はあるし、カメやヘビや昆虫もいて、それを追っかけ回していた。

奥本　そうですね。今は子供がチョウチョを採っていると、腕章を巻いたおじさんが来て、これは村の天然記念物だから採るなとか言う。しかし、そのおじさんたちは子供の時、さんざんその蝶《ちょう》を採っていた（笑）。

たけし　昔、おいらが育った梅田あたりでは、危ない人がいっぱいいた。その当時、まだヒロポンが残っているわけ。ある夏に、近所のおやじが注射器でヒロポンを打とうとした瞬間に、警察のガサ入れが入った。で、子供が「父ちゃん、警察」って。とっさに子供のカブトムシに注射を打った。それで、昆虫標本を作るフリして、警察に「何の用ですか」って言ったら、ヒロポン打たれたカブトムシが急に元気になって、ものすごい勢いで飛んでいった（笑）。

奥本　ヤク虫（笑）。でも、今デパートで昆虫採集セットの注射器を売っていないでしょう。その理由の一つには、そういう用途に使われる可能性があるから、ということらしいんです。

たけし　今、注射器は売っていないんですか。昆虫採集も、カブトムシだったら死ぬまでずっと遊んでいたけど、基本的には、ただ虫に注射を打ちたくて採っていたように思う。

奥本　実は、注射なんか打つ必要がないんです。たとえば、カブトムシが死んだら乾燥させれば、それだけでいいんです。みんな防腐剤が要ると思っていますが、そんなのは必要ない。毒ビンにも入らないような大きな虫をすぐ殺す、という時はアルコールを打ちますが。子供に買わせるために、注射器つけてセットにして売ることを考えた頭のいい人がいるんですよ。

たけし　それは初めて聞いた。

奥本　何十年目の真実（笑）。

たけし　先生が虫を採り始めたきっかけは何だったんですか。

奥本　大体、昔の子供はすることになっていたでしょう。近所の中学のお兄さんとかが教えてくれる。

たけし　必ず二つか三つ上とか、もっと離れた年上の人がいろいろ教えてくれましたね。残酷なことも教えてくれて、トンボの羽を一枚取って、飛ばすと「ほら回るぞ」とか。

奥本　しっぽ切ってマッチの軸を刺すと、ちゃんとまっすぐ飛ぶけど、それを抜くときりきり舞いするとか。

たけし　あと、おいら悪いことしかしないから、トノサマバッタ持ってきて、授業中に友だちの顔のところまで持ってきて「バッタキック！」といってバッタにキックさせてたんです。先生は最初からオーソドックスな昆虫採集だったんですか。バッタキックみたいなことはやらない？

奥本　私は、最初はトンボとりですよ。幼稚園とか小学校の二、三年まではトンボとり。四年生から白い捕虫網を持って昆虫採集に行きました。

たけし　虫採りにクモの巣を使いませんでしたか。クモの巣を竹ざおかなんかに絡《から》め取って段々にしてね。クモの巣の粘つきを利用して、それで虫を採る。

奥本　クモの巣で使うのは、大きなジョロウグモとか、コガネグモとかで、糸の太いやつですよね。それを先の枝分かれした棒を見つけてきてぐるぐる巻きにする。

たけし　捕虫網の網が破れてなくなっちゃうと、丸い金の輪だけが残るじゃない。それでクモの巣をひっかけて、自家製の網にして、虫を採ってくるという方法もあった。

でも、肝心の虫に近づくのが大変だったり、と苦労はありましたね。

奥本　理論と実践がうまくいかないんです（笑）。

虫は癒《いや》し

たけし　おいらたちの年代は子供の時は、みんな虫を採っているのに、どこかで止《や》めますよね。

奥本　まあ中学に入ったら終わり、が多いですね。それでも止めない奴《やつ》、虫好きにとっての三大障害というのがあるんです。一つは受験勉強ですね。もう一つは就職。会社員になると昆虫採集している暇もなくなるでしょう。私の知ってるある銀行の頭取ですが、ずっと〝虫屋〟であることを隠していた。ゴルフに行ってチョウチョの羽を拾った時に、「どうしてそんなことをするの」って言われて、カミングアウトしたって（笑）。最後の大きい理由としては、結婚ですよね。奥さんが嫌がる。

たけし　だって、標本箱を整理するような引き出しみたいなのを持っているわけでしょう。カミさんは嫌がるわけだ。おいらの場合は、まあ環七ができたことかな。

奥本　東京オリンピックで虫はがたんと減りました。

たけし　林や池や田んぼが全部宅地になっちゃいましたからね。だから、越谷とか東武線沿線のあそこにオニヤンマがいるんだっていう話があると、電車に乗って採りに行ったな。それで、地元の変なおじさんにヤンマを採りに来たと言うと、どこへ行けばいいか教えてくれたりしましたよ。

奥本　〝土地の古老〟がいると、カブトがいる木とか、ヤンマのいる池とか知っていますよね。そういうおじさんも本当は今でもやりたいんだけど、みっともないから我慢しているわけ。

たけし　大人になると、虫採りってできない。先生にしても、虫好きの養老孟司《ようろうたけし》先生にしても、どんなに立派な学者の先生であっても、失礼だけど、網を持った瞬間に間抜けに見えてしまいますね（笑）。威厳がなくなっちゃう。だから、みんな、「私は昆虫採集が趣味です」って言わないんじゃないかな。でも、さっきの受験、就職、結婚の三大障害を乗り越えると、先生のように虫を趣味にし続けることができるわけですか。

奥本　そう、死ぬまで治らない（笑）。子供が大きくなって手を離れた時とか、あるいはふと自分は会社で何をやっているのかなと虚《むな》しくなる瞬間とかがあるんです。そうすると、虫への思いの焼けぼっくいに火がついて、それでもう一回戻ってくる。

たけし　例えば銀座のクラブで飲んでいて、「趣味、昆虫採集です」って勇気だして言ったら、かえってウケちゃったりなんかして。でも、自分の家に帰ってきて、本当のことを言ったのに何でウケちゃったのかななんて――。
奥本　沈んだりしてね（笑）。
たけし　それで、チョウの標本を引っ張り出して、「みんな、おまえたちのこと分かってくれないんだ、ゴメン」って（笑）。
奥本「おまえたちが悪いんじゃないんだよ」（笑）。でも、勤め先の学校で嫌なことがあったりするでしょう。そんな時でも、標本箱をずっとあけて、虫をじっと見てると治るんです。
たけし　虫を見るのが癒しですか。
奥本　癒しですね。
たけし　でも、標本にされた虫のほうはたまんない。
奥本　癒しだからね。虫のことまで考えている余裕なんてない（笑）。
たけし　虫好きの中には、飼育派とか、標本派とか流派が分かれるものなんですか。
奥本　飼育派と採るのが面白い採集派と、標本を買ってもいいから自分で標本を集めたい派と、それから飼育から虫の食う植物のほうへ行ってしまう人間もいます。文献集めて、故事来歴を調べるのが好きという人もいるし、虫の切手収集だけになってしまった人もいる。私はすべてやっていますけれど（笑）。

たけし　最近はディスカバリーチャンネルで昆虫の特集をやるので見ると、改めて虫は面白いって思う。化学兵器みたいな虫がいっぱいいる。何百度の混合ガスを吹く奴とかいるんですね。

奥本　ミイデラゴミムシの仲間は、体内に二つ化学物質を持っている。敵が来たら、それを瞬間的にばっと混ぜ合わせて爆発させるんです。それが目に入りでもしたら大変ですよ。

たけし　要するに、虫のいろんな生態を見ていると、虫は化学兵器とかを体内に持っているし、獲物を捕獲するためにありとあらゆる作戦を練るわけだ。

奥本　最近、アリの専門家に聞いたんですけど、アリの中にも働きアリでそういう化学物質を持っている奴がいるらしい。敵が来て、興奮すると体内で化学物質が混ぜ合わされて爆発する。それで毒物質をぶちまける。

たけし　自爆テロだ。

奥本　それで、「アリカイダ」って名づけたんだけど（笑）。

たけし　おいらはクモが好きなんです。クモも木の枝の間に巣を張って真ん中に堂々という奴じゃなくて、葉っぱと葉っぱの間にドームみたいなのをつくって、その奥に奴がいるわけ。そこにハエを採ってきてポトンと落とす。すると、その振動でドドッと中からクモが出てくるんだけど、面白い。
奥本　肉食の虫はみんな面白いですよ。頭使っていますから。草食はぼうっとしています。草食は食い物が何ぼでもあるから。草食のバッタとか何となくアホ面《づら》してるでしょう。肉食のは食えない顔してますよ。クモも油断のない面構えしてる。
たけし　クモは正確に言うと昆虫じゃないわけですね。
奥本　でも、あれも虫ですよ。みんな、この世界に生きているものは虫なんです、昔の分類ではね。我々は裸虫（笑）。獣は毛虫だし、鳥は羽虫。魚は鱗虫《りんちゅう》にすぎません。
たけし　だいたい人間が想像できるような組織の作り方や戦争の仕方まで、すべて既に昆虫はやってるんですね。
奥本　人間の思いつくようなことは大体あります。むしろ、人間の科学が進んできて、虫がやっていることの意味がようやく少し分かってきたと言ったほうが正確ですね。
たけし　日本は、絹を作るために蚕を飼っていたでしょう。だけど、今の科学で注目されているのは、クモの糸で、あれぐらい研究されているものもないんじゃないでしょうか。

奥本　クモの糸をもし工業化できたらすごいことですよ。

たけし　なんとか人工で作ることはできないのですか。

奥本　クモは肉食でしょう。だから草食の蚕なんかを飼うよりは効率が悪いんだと思う。肉骨粉でも食わせるとかしないと。ＢＳＥグモになるけど（笑）。クモに麻薬を飲ませると糸がめちゃくちゃになるんですよ。三角形の巣を張ったり、手抜きの変な巣になるんです。

たけし　前は宇宙へクモを持っていって、シャトルの中で巣を張るかどうか実験してた。

奥本　クモは重力がないとうまく張れないですよね。

たけし　１Ｇないと駄目なんじゃないかな。上から下に降りても来られないし。宇宙ではわりかし妙なことをやっていますよね。旧ソ連では、密《ひそ》かに男と女が宇宙でセックスする実験をやっていたという。でも、もうやめてるらしい。宇宙船でセックスしたら、最後の瞬間には男が女の身体《からだ》から飛んでいって、宇宙船の壁に激突して危ないから（笑）。

げにすさまじきは昆虫の雌

奥本　ハチの交尾は空中でバーンと雄の腹の中が爆発して、本体がするするするっと抜け落ちていくんです。そうすると雌は飛びながら、また次の雄と、またバーンと。それを繰り返して、一生分の精子をためて、あとで小出しに使っていくんですね。

たけし　それで、次々と違う雄の子を産んでいくわけだ。だから女王蜂《じょおうばち》はでかい身体して、ローヤルゼリーか何か食べてぼんぼん産む。昆虫の雌はすごいよね。セアカゴケグモの雌も、たいてい雄を食べちゃったりする。カマキリの雄だって雌に食われる。でも、食われながら、下半身だけは動かしているからすごい（笑）。

奥本　カマキリには脳が幾つかあって、腰使う脳と頭の方とでは別なんですよ。

たけし　下手すると、カマキリの雄ほどの快感は他にはないんじゃないか。頭を食われながら、まだ下の方は生きていて、それで精子でも出そうものなら、ヒロポン十本打って、セックスするようなもの。もう死んでもいいと思う（笑）。

奥本　カマキリの場合、雄を栄養のために食べると言われていますが、実は動くものは雄であろうと何であろうと、全部エサだということなんです。だから雄はささっとやって逃げなければいけないんだけど、逃げ損ねると捕まっちゃう。

たけし　雄によっては逃げ延びては何回もやってるわけだ。

奥本　ええ、だから必ずしも雌に食われるとは限らないんです。そのために雄は体がすらっとしていて飛べるんです。雌は卵が体の中にあるので、重たすぎて飛べないんです。

たけし　男と女の関係も虫に学べますよね。男女共同参画とかフェミニズムとか言っているけれど、昆虫を見たりしたら、とてもそんなことを言えないと思う。

奥本　雄と雌と、それぞれ仕事が違いますからね。人間でも違うところと違わないところといろいろあるわけだから、それはちゃんと議論したほうがいいんじゃないかな。

たけし　人間のやることは虫はすべてやるという話だったけれど、女のひっかけ方もいろいろ考えているんでしょうね。

奥本　オドリバエというハエは、肉食なんだけど、獲物をとってきて雌にプレゼントして、雌が夢中になって食っている時に交尾をすませてしまう。中にはプレゼントをやるふりだけして、交尾のやり逃げというふとい奴もいる（笑）。

たけし　三角関係もあったりするんですか。

奥本　ゾウムシとかクワガタでも同様で、どでかい雄とこんな小さい雄といるでしょう。そうすると、大きい雄同士がけんかするじゃないですか、雌を争って。その間にちょこちょこと行ってさっと交尾してすぐ逃げる奴がいる。マメ男（笑）。

たけし　ヒモみたいな虫はいないんですかね。

奥本　アリの巣の中にいる、ヒゲブトオサムシの仲間とか、ああいう虫はヒモじゃないけれど、みんな居候《いそうろう》ですよね。ハケゲアリノスハネカクシなんて、背中から麻薬みたいな物質を出すんです。そうすると、アリはそれを舐《な》めさせてもらうのに夢中になって、とうとう自分の幼虫の世話をするのを忘れちゃう。それで巣が全滅する。

たけし　麻薬中毒になるようなものだ。

奥本　その話がアル中を諫《いさ》めた本に教訓として出てる（笑）。アリの巣には、いろんな虫がたくさんいる。なにしろアリの巣の大きなものは、我々の尺度に直せば超高層ビル以上。だから、その中にいろんな人がいて暮らしていると考えれば不思議ではないんです。一番下には、ごみ捨て場みたいなのもありますしね。

たけし　六本木ヒルズみたいなもんですね。

奥本　まあ、ビルでも、普通の人の多い通り路《みち》の横のドアを開けると、違う世界があるでしょう。それと虫の感覚で言うと、巣の大きさもそうだけど、空気や水との物理的な関係が違うんでしょうね。つまり、昆虫を机の上からぽとっと落としても死なないでしょう。小さなウスバカゲロウみたいなものにとっては、空気の中というのは我々が水の中を泳いでいるみたいな、粘りがあるようです。だから、高いところから落ちることは何でもないんです。
たけし　そういった感覚は、虫になってみないとわからないね。

ムシにもおかまがいる？

奥本　それにね、もし昆虫とか鳥が飛んでなければ、飛行機の発明だって百年も二百年も遅れていたと思いますよ。空を飛ぶ生き物がいなければ、飛ぶということを思いつかないもの。そういうものが存在しているから、発想できるんです。
たけし　マクダネル・ダグラスが作っていた飛行機だって、ホバーリングというか、飛んでる時の空中の止まり方にしても、虫と同じようには全然できないでしょう。
奥本　ジェット機とハエとがどっちがすぐれているかという議論があったんです。ハエは天井に逆さまにふっと止まるし、いきなり後方にすっと飛んだりする、でも、最終的に議論の決め手になったのは、ジェット機を二台置いておいたら増えるかって。ハエは二匹いたら、いくらでも増える（笑）。

たけし　おいら子供の頃、ハエの何がすごいって、うんちを手で触れるからすごいって思っていた（笑）。しかし、どうやって昆虫は飛ぶようになったんですか。鳥だったら、恐竜から進化したという話になっていますよね。

奥本　昆虫の初めは、足のたくさんあるムカデみたいな仲間でしょう。あの足が減って形が洗練されていくんです。前のほうの足が何本も前へ前へせり出してきて口器になる。複雑なこのあごね。実は、あれ分解すれば足なんです。その足は別として、羽がどうして進化したかは、また違うでしょう。そんな簡単には説明がつかないんですよ。

たけし　それに、虫はふだんは見せない羽があったりして、急に飛ぶなんてこともする。

奥本　カナブンってぽんと投げても上手に飛んでいくでしょう。カブトムシは、投げられるとぽとっと落ちる。あれは、コガネムシの仲間に系統が二つあるからなんです。カナブンの仲間は上の羽は半分閉じたまま、下の羽だけさっと出すことができるんです。だからポンと投げるとすうっと飛んでいく。カブトムシは上の羽をガバッと開いてからでないと、飛べないんです。だいたい飛ぶのが下手な奴《やつ》は夜行性で色が地味。昼間飛ぶ奴は色がきれいで飛び方が速いんです。チョウチョは昼間で、ガは夜でしょう。ガも飛び方がどっちかというと下手です。ガの仲間でも昼間に飛ぶ種類がいるんですが、それはちょっとおかま的な美しさがあるんですよ。ゲイばっかり集めるとおもしろい。

たけし　子供の時に教わったのは、チョウチョは羽を背で縦に合わせて止まる、ガは羽を横にペタッと広げると。だからガってわりかし擬態するみたいな性質を持っているわけですか。

奥本　枯れ葉みたいに擬態したりしますね。チョウとガというのは、要するに鱗翅目《りんしもく》という大きなグループがあって、その一部だけがチョウチョで、あとは全部ガなんです。チョウだかガだかわからない、グレーゾーンみたいな奴もいて、セセリチョウはガだと言う人もいるし。

たけし　止まる時に、羽はどうなっているのですか。

奥本　セセリチョウは一応羽は立ちますけどね。ぴたっと合わないんですよね。

たけし　自分では「チョウチョだよ。羽が立っているじゃないの」って主張している。

奥本　でも、羽がピタリと合わないことにコンプレックス持ってたりしてね。それだけは言われたくないって(笑)。

たけし　同じ昆虫でも、地方によって差が出てきたりもするんですよね。ホタルでも、光る時間の長さが違うでしょう。
奥本　だから点滅の時間で方言があるんですね。西のホタルと東のホタルは違うんです。
たけし　光り方が、なまってるんだ（笑）。
奥本　点滅のタイミングが違うんです。東南アジアなんかに行くと、肉食のホタルで方言を真似《まね》る奴がいるんですね。真似て安心させて引き寄せておいてガブッと食うという。
たけし　どうやって稼ぐかしか考えていない人間と同じで、虫って、どうやって食うかしか考えてない。
奥本　虫が考えているのは、どうやって食うかと、どうやって雌とやるかだけ。雌は食って子供を産むことだけです。
たけし　虫は潔《いさぎよ》いんだね。偽善系がいないから。ところで、虫って地球上でどの位いるんですか。
奥本　ちょっと分かりません。私の子供の時は、生物全部で百万種と言っていたでしょう。そのうちの六割が昆虫と言っていましたが、そのうち虫は一千万種と言い出した。今は三千万種いるかもしれないと言われている。無名の虫がいっぱいいるんです。

たけし　だから虫屋さんは楽しいらしい。

奥本　新種を発見したかったら、人のやらない昆虫かダニをやればいいんです。ダニだと簡単に新種が見つかりますよ。それでダニに人の名前をどんどんつけている奴がいる。

たけし　新星にも名前をつける人がいるけど、ダニに自分の名前がつけられるのは嫌だね。おいらの名前をつけられたら、ダニキタノ。ダニーケイなんて（笑）。

奥本　名前をつけたければ、ラテン語とかそんなの知らなくていいから、その人の名前の後にイをつければいいんです。そうすれば、献名できるんです。

たけし　となると、キタノイ。新種を発見した時は、どこに申請すればいいんですか。

奥本　三十部以上の印刷物にして出して、主な博物館、研究機関に配ればいいんです。それは自分で刷ってもいい。

たけし　先生も今まで名前をいっぱいつけているんですか。

奥本　僕が自分の名前をつけたのは蝶《ちょう》が一種類だけです。あとは他の人のために、いろんな名前を考えましたよ。

たけし　今までつけた名前で一番気に入っているのは。

奥本　フィリピンのネグロス島にカンラオンという山があるんです。そこで採れたカザリシロチョウの仲間にデリアス・ガニュメデスとつけた。ギリシャ神話の中で、ガニュメデスというのはすごい美少年で、ゼウスが鷲《わし》になってさらっていくんです。そのカンラオンという山に吹き上げの上昇気流があって、山頂のところで待っていると、そのチョウが吹き上げられてきて、こっちが捕虫網振る前に、アマツバメがさっとさらっていくんです。鳥にさらわれる美しいチョウという意味でつけたんです。

不思議な進化

たけし　ところで、先生がこれまで採った虫の中で印象にあるのは何ですか。

奥本　それは一番最初は、子供のとき初めて採ったギンヤンマとかアサギマダラとか。それと、トリバネアゲハという、こんなに大きなチョウがいるでしょう。ああいうのを採った時は人並みに嬉《うれ》しかったし、それから南米のメタリックな青い色のチョウがありますね。モルフォチョウって言います。ああいう、子供の時から、あこがれてた虫を採った時は嬉しいです。実際にジャングルの開けたところなんかに飛び回っているのを見ると夢かと思いますよ。

たけし　そのモルフォチョウはどうやって採るんですか。

奥本 網ではとても届かないんですよ。だから青い銀紙を持っていって、キラキラ太陽光線をはね返していると降りてきますね。

たけし そこをバシッと。

奥本 本当に悪いことしますね（笑）。

たけし チョウは光っているものに弱いんだ。ハチとかいうのは背中を必ず紫外線に向けると言いますよね。夜、下から紫外線を当てると、ハチは仰向けになって飛ぶという。

奥本 トンボもそうですよ。箱に入れて心棒通して、そこにトンボを縛りつけておいて、下から光を当てるとくるっと回る。

たけし そういう変な実験もいいですね。おいらも、こんな実験を見たことがある。こちら側に砂糖水を置いておいて、蜂の巣を向こうに置いておく。砂糖を見つけてハチが来るじゃないですか。そのハチを観察して、仲間にどうやって砂糖水の位置を教えるのかを調べている。面白いなと思いましたよ。

奥本 そういった昆虫の行動が、どうやって進化していくかは考えれば考えるほど面白いですね。ハチがイモムシに麻酔をしてから穴に埋めて幼虫のエサにするんですが、その幼虫がまたイモムシの生命に別状のないところから食べていくんです。そんなふうにどうやって進化したのか不思議でならない。だから、ファーブルは進化論を信じなかった。偶然が積み重なってそんなことできるわけない、初めからそうなっていたんじゃないかと考えていたんです。ただ、虫も例えば一遍、イモムシを捕まえてきて麻痺《まひ》させて穴に埋めますよね。ハチの目の前でイモムシを取り出して、外にぽんと置くと、そのハチは一生懸命空いた穴を埋めようとするけど、外に出されているイモムシを穴に戻さない。一遍何か始まったら、前例のないことは決してしない。

たけし　役所みたいに融通がきかないわけだ（笑）。

奥本　最近は人間も虫みたいにどんどん融通がきかなくなっていますね。センター試験というのがあるでしょう。あれは現場の職員がどう答案用紙を配ったらいいとか、自分で考えてはいけないんです。だから、我々に配られるマニュアルが毎年毎年分厚くなっていく。「試験を受ける時はコートは着たままでも結構です」とか読み上げるんです。アドリブを入れてはいけない。そうしたら、風邪引いた学生がいて鼻水が垂れてくるので、「ティッシュ使っていいでしょうか」と係の人に聞いたら、「本部に聞いてきます」って（笑）。

たけし　その間に鼻水が垂れるじゃないか（笑）。

奥本　つ、つーってね（笑）。受験生も自分で考えてはいけないし、教師も考えちゃいけない。試験問題も、その場で考えてちゃ間に合わない。記憶してきて、その通りの答えを選ぶだけ。人間がどんどんバカになっていくような気がしています。

たけし 人間が虫になっていくと言ったら、虫に失礼か。虫というのは、進化ということでいえば、この五十年とか、短い間に、急に変わることもあるんですか。

奥本 沖縄にもともとシロオビアゲハという蝶がいたんです。そこにベニモンアゲハというチョウチョが侵入してきた。シロオビアゲハの雌は、東南アジアの島々では、その島々にいるベニモンアゲハの雌の真似をして暮らしているんです。そして、沖縄にベニモンアゲハが侵入してしばらくすると、沖縄のシロオビアゲハがベニモンアゲハ型になったんです。

たけし でも、どうしてシロオビアゲハはベニモンアゲハの真似をするんだろう。

奥本 それはベニモンアゲハが毒蝶だからです。だから、シロオビアゲハは、鳥に食べられないように、代々ベニモンアゲハの真似をしてきたんです。だけど、そのベニモンアゲハの本家が沖縄に来たからといって、すぐ真似しだすというのは不思議なんですよ。幼虫の頃から、ぱっと横目でベニモンアゲハを見て、ああいう奴になろうと思ったから、そうなったとしか考えられない。

たけし 子供の頃から願っているわけだ。

奥本　これを「願望進化論」と名づけたんですが、我々が子供の時に進駐軍を見て、足が長くて背が高いと思ったでしょう。だんだん若い奴らがそうなってきたのは、日本人が進駐軍みたいになりたいと思ったからなってきたんじゃないのか。というと笑い話みたいだけど、とにかく、そうなりたいからなったとしか説明がつかないんです。また、南米大陸に毒のチョウチョがいて、それをそっくりに真似するチョウがいるんですね。でも、中南米の島のほうには、その島には本家の毒のチョウがいないのにもかかわらず、真似をしているチョウがいるんです。自分は何の真似をしているか分かっていない。それは意味ないと思うでしょう。ところがそうじゃないんだという。なぜならば、大陸から鳥が渡ってくる。鳥さえだませばいいんだと。

こんな虫を採りたい

たけし　今、先生が一番採りたい虫というと。
奥本　例えば、あと半年とか三カ月の命と言われたら、インドネシアのセラム島というところへ行く。比較的近くまで車で行けるポイントがあるんですが、そこに大きな木があって、白い花が咲いている。そこで一日待っていると、トリバネアゲハの中で、

一、二を争う豪華さのゴライアス・プロークスというでかいのが飛んでくる。それが一つですね。あと西アフリカのコートジボアールにハナムグリのでかい奴がいるんですが、あれを採りたい。その二つをやったら、もう死んでもいいかな。

たけし　そのチョウは、標本で見ることはできるんですか。

奥本　昔は大英博物館に幾つかあったんです。百万円、二百万円出しても、その標本は手に入らなかった。ところが、新産地が発見されてワッと採れるようになったんです。やっぱり生きているのを自分で採りたいじゃないですか。チョウの発生地に行くと、さまざまなチョウが飛んでいる谷間の中で、主役登場という感じで、そういうチョウがすうっと出てくる。絶対、網の届く範囲に来ない。自分の価値が分かっているんです。

たけし　おいらん道中みたいなもんですね。わたしゃ安くは売らないよって（笑）。

奥本　安いチョウはその辺に幾らでも飛んでいるんです。たけしさんが、「赤信号、みんなで渡れば怖くない」とおっしゃったでしょう。そのままなの、安いチョウは。もうその辺に採ってちょうだいと言わんばかりに来るんです。

たけし　チョウを捕まえるための擬態の方法とか考えて、迷彩服で雌の格好で採るとかしないんですか（笑）。

奥本　アゲハの仲間は赤い捕虫網がいいんです。赤いツツジなんかに来るもの。でも、ギフチョウは青。

たけし　だけど、いい年したオヤジが、赤い捕虫網もって少年みたいな格好していたら、やっぱり〝裸の大将〟じゃないかって思われそう（笑）。

奥本　「千万人と雖《いえど》も我行かん」の心境ですよ（笑）。

おいらが子供の頃って、オニヤンマを捕れる奴《やつ》がガキ大将だった。奥本さんなんかもその一人だったんじゃないかな。で、昆虫採集とか虫の実験を遊びながら教えてくれたもんだけど、今や都会じゃ子供たちがワクワクするような虫なんて捕れないし、遊びもテレビゲームなんかが一般的になったから、奥本さんもおいらも出る幕がないよね。虫取りやってますなんて言ったら、ネクラなオタクだと思われちゃう。でも、奥本さんが偉いのは、仲間と「昆虫館」を建てたりしてるところ。おいらも見習って「ダニキタノ」を探してみるか！㋟

宇宙の達人 毛利衛

宇宙飛行士・日本科学未来館館長

宇宙人はきっといる

もうり・まもる

昭和23年北海道生まれ。平成4年、日本人初の宇宙飛行士としてスペースシャトルに搭乗。平成12年にはミッション・スペシャリストとして搭乗。

クルーを決める相性判断とは

たけし 毛利さんが一九四八年の生まれで、おいらは一九四七年の早生まれだから、学年で言ったら二つ上かな。

毛利 僕も早生まれなんですよ。

たけし じゃあ、ちょうど一つ違いだ。いわゆる団塊の世代。スプートニクの人工衛星からアポロの月面着陸まで、米ソの宇宙開発競争にドキドキした世代ですよね。遊びでも、当時日本のロケット技術の先端だったペンシルロケットの真似《まね》をしたりしていた。下敷きがセルロイドだったから、すごく発火性が強い。アルミの鉛筆キャップの中に、下敷き削ったのをいれて、それをあぶると、ぴょーんと飛んでいくんですよね。

毛利 私も同じようなことをやってました(笑)。

たけし 宇宙に憧《あこが》れていた世代からすると、毛利さんはすごいですよ。まず日本人初の宇宙飛行士として一九九二年にエンデバーに乗るでしょう。その時は科学者として搭乗しているわけだけど、二回目二〇〇〇年の時には、NASAの正式な宇宙飛行士になっている。昔は、宇宙飛行士というと、学者ではなくて、たいていジェット機のパイロットとか、空軍のエリートがなっていた。毛利さんも、宇宙飛行士の資格を取った時は、ジェット機の操縦の訓練もしたんですか。

毛利　NASAで強制的に訓練させられました。NASAの宇宙飛行士になるには、ジェット機に乗れないといけないんです。それも訓練を始めたのは四十八歳の時。運動神経が落ちている時から始めたので、それは本当に苦労しました。

たけし　ジェット機操縦の訓練は、想像を絶するでしょう。

毛利　T38という二人乗りの空軍の訓練機があるんですけど、前には空軍のパイロットが教官として座って、訓練生は後ろに乗ります。でも操縦をするのは訓練生。なぜ操縦をさせるかというと、危機管理の勉強の一種なんです。パイロットはいろいろなことを同時にしないといけない。操縦しながら地上とコミュニケーションをする。外を見ながら、地図を見て、ナビゲーションを見て……と、五つぐらいのことを一度にできないといけない。それが宇宙に行った時にすごく役に立つんです。

それともう一つは、我々はふだんコンピューターでヴァーチャルな訓練ばかりをやっていますよね。コンピューターだったら打ち上げに失敗しても、すぐリセットボタンを押せばもとに戻る。しかし、そればかりやっていたら、本物にならない。だから、ぎりぎりの危ういところを体験させるわけです。

たけし　毛利さんと宇宙に一緒に行ったクルーの相性テストなんかはあるんですか。

毛利　テストはしませんが、相性は見られます。クルーは、たいてい宇宙飛行士室長が選ぶんですが、百五十人ほどの宇宙飛行士が同じフロアにいるんです。宇宙飛行士だけではなくて、そのフロアには秘書もたくさんいますよね。ミッションのクルーを決める飛行士室長は、そういう秘書や関係者からいろんな噂《うわさ》を聞いたりして情報を集めて、誰と誰との相性が合うのか見極めてから、クルーを決めるんです。

たけし　こいつとこいつとだったら、組めそうだとか。

毛利　スペースシャトルだったら、せいぜい行って帰って来て二週間なので、クルーの相性を多少間違えても大きな問題はありません。だいたい宇宙で喧嘩《けんか》をしたら危険なので、そんなことはしなくなる。でも、国際宇宙ステーションの場合だと、半年も一緒にいないといけないので、お互いにちょっとした誤解から、人間関係がおかしくなる可能性があるので、相性は重要です。それに、アメリカ人だけではなく、ロシア人とか他の国の人も宇宙ステーションにはいるわけですから。

それで、どうやって相性を見ているかと言うと、真冬にマイナス二十度ぐらいになるところがカナダにあるのですが、適当に宇宙飛行士を選んで、そこに行かせるんです。だいたい五人一組なんですけども、テントや一週間分の食料を与え、一週間後に目的地に着くように指示を与える。目的地に到着できるチームもあるし、ついに到着できないチームもあるんですが、最終的に一人一人聞き取り調査をします。五人のうち誰とは宇宙に一緒に行きたくないとか、うまくいく人とかを聞き取り調査して、そういう情報をもとにクルーを決めています。

スペースシャトルの発射から帰還まで

たけし　日本人初のスペースシャトル乗員が誰になるかは、おいらも関心があったけど、競争も烈《はげ》しかったでしょうね。

毛利　そうですね、あの時は、最初のスペースシャトル乗員が誰になるかは、最初の三人の中から誰か一人しか選ばれないので……。最初は、私が最年長者だったし、すんなりと決まるんじゃないかと思っていたのですが、一九八六年のチャレンジャー事故で搭乗が延びてしまった。宇宙飛行士としていい仕事をするためには、その打ち上げの時に、一番いい人材が宇宙に行くというのが、「ライトスタッフ」という考え方なんです。ところが、延びたために、かえって年を取っていることがいいのかどうか分からなくなってしまった。結局、選ばれたのは一九九〇年で、搭乗したのは一九九二年でした。

たけし　おいらもNASAに行って、毛利さんの時ではないけれど、スペースシャトルの打ち上げを見たことがあるんです。ケネディ宇宙センターに行ったら、案内してくれた観光ガイドみたいな人が面白かった。「アポロ・イレブン、おまえ見たか」って聞くから「見た」って言ったら、「あのカウントダウン、俺がやった。俺の声を聞いて分からないか」って。分かるわけがない（笑）。打ち上げる場所から何キロも離れているところから発射の様子を見ているのに、そこまで地響きが来て、すごかった。どのぐらいのスピードで上昇していくんですか。

毛利　だいたい発射されて百メートル上がった時で、もう時速百キロになっています。二千トンを百メートルで時速百キロにするぐらいのスピードだから、すごいですね。しかし、中にいるとヘルメットをかぶって、ヘッドセットで絶えず地上との交信を聞いているので、聞こえるのは地響きの音というより、低周波のダダダダーッというのが身体《からだ》に響いてくるんです。

たけし　発射からどのぐらいで軌道に入るんですか。

毛利　最初真《ま》っ直《す》ぐ上がって、固体ロケットブースターがはずれるのが二分後ぐらい。それから、今度は燃料タンクがはずれる。それが八十キロ上空で八分後ぐらい。そこで、もうだいたい宇宙なんです。そこからさらに四百キロまで行かないといけない。そのまま飛んでいくと楕円《だえん》軌道になるんですね。だから、軌道の一番遠くに行った時にエンジンをふかして、円軌道に修正する。エンジンをふかすまで、発射からだいたい四十分。円軌道まで入るのに約一時間半となります。

たけし　円軌道に入った時に、ホッとするわけですか。

毛利　円軌道よりも、液体燃料タンクをはずした時にホッとするんです。八十キロまでいけば、もう宇宙なので、摩擦で燃え尽きる心配がありません。それに黙っていても飛んでいくので、何かあっても時間の余裕があるんですよね。

たけし　八十キロまで行けば、ホッとするわけだ。

毛利　二回目の時はそうでしたね。一回目の時は嬉《うれ》しさのほうが優先していましたけれど。

たけし　スペースシャトルの宇宙でのスピードは、どのくらいなんですか。地球を一時間半ぐらいで回ると言いますが。

毛利　時速三万キロ。秒速八キロになります。

たけし　そのスピードで飛んでいて、宇宙の塵《ちり》みたいなのが機体にぶつかっても、大丈夫なんですか。

毛利　大きなものがあれば大変です。でも、そういうのはめったにないんです。実際には〇・一ミリとか、そういう塵はあるんですが、それでも当たると、やっぱり窓ガラスなんかの表面にひびが入っている。帰ってきた時にシャトルの機体を見ると、壁の表面にたくさん傷がありますよ。

たけし　地球に帰還する時には、逆噴射をするんですよね。

毛利　逆噴射して、どんどん大気圏の方へと落ちていくわけです。大気圏突入で、摩擦熱が出てきたら、スペースシャトルの翼の裏側の平らな丈夫な方を下にして、一気に下降してくるんです。そのときにすごい熱が発生します。それが着陸の四十分前ぐらいです。

たけし　そうすると、帰還するのは大体一時間半ぐらい前から作業を始めることになるんですね。

毛利　そうです。

たけし　雨の日でも大丈夫なのかな。スペースシャトルが戻ってくるシーンって、晴れの日しか見てないんですけど。

毛利　いいところに気づかれますね。実は雨の日は一日延ばすんです。雨の日に、どうして着陸できないかと言うと、スペースシャトルは、最後は有視界飛行になるんです。飛行機の場合だと、計器飛行でもいいですよね。ところが、スペースシャトルはパイロットが自分の目で確認して降りてくるんです。

たけし　雨で延ばしたことはあるんですか。

毛利　しょっちゅうですね。でも、天気予報はものすごく正確に分かるんです。衛星ばかりじゃなくて、飛行機からもどんどん観測している。だから、三十分間だけ晴れるという瞬間も分かって、その時にパーッと降りて行くこともあります。この時は、原則的にはコマンダーが操縦桿《そうじゅうかん》を握るんです。パイロットも何かの時には手伝うけれど、だいたい帰還する時はコマンダーの責任です。パイロットとしてスペースシャトルに二回ぐらい搭乗して、それから初めてコマンダーに抜擢《ばってき》されるんです。

たけし　コマンダーって、要するに船長ですよね。船長が最後まで責任を取る。アポロ11号の時、着陸船から月に第一歩を踏み出して「これは一人の人間としてはほんの小さな一歩だが、人類にとっては大きな一歩である」って言ったのはアームストロング船長だったけど、船長は船から絶対に離れてはいけないのに、自分が真っ先に降りちゃった。でも、それは船長の仕事じゃなくて、乗組員のオルドリンの仕事だったというんで、後で大もめにもめたって聞いたことがある。

毛利　ええ、船長は必ず最後まで船に残って責任を持つべきだという考えがありますからね。

こんな実験あんな実験

たけし　ところで、シャトル内では必ず実験をするじゃないですか。金属とかは重力がないと混じりやすくて、いろんな合金を作るのに都合がいいから、そういう実験をするのは分かるのですが、クモとか、メダカとか、生き物も持っていきますよね。クモは確か宇宙でも巣を張れたんだ。

毛利　クモの実験は一九七三年から一九七四年にかけて行なわれた有人宇宙ステーションのスカイラブの時ではないですか。

たけし　それとか、鶏の卵が、重力がなかったから孵《かえ》らなかったという実験もありましたよね。

毛利　どうして孵らなかったのか、宇宙では理由が分からなかった。だけど、後で地上で実験してみて分かったんです。黄身と白身というのは、比重が違うんです。地上では、黄身のほうが軽いので、必ず殻にくっついているんです。実際に、身体になるのは黄身の部分で、その黄身が殻を通じて呼吸をしているわけです。ところが、宇宙に行ったら、重さが関係ないので、黄身が真ん中に来た。真ん中に来てしまったら、息がもうできなくなってしまうので、それで死んでしまったわけです。

たけし　宇宙で精子は卵子と受精できるのかな。そういうのはどうなんですか。

毛利　それは我々が実験やったんですよ。

たけし　えっ、どうやって！

毛利　人間でやったんじゃないですよ（笑）。おなかに卵を持った四匹のアフリカツメガエルのメスを持っていって、宇宙で受精させるんです。宇宙でメスの腹をさすって、卵をニョロニョロと産ませて、持っていったオスの精子をピュッとかけるんです。それで宇宙で受精をさせることができて、ちゃんとオタマジャクシがたくさん孵ったんです。

たけし　これまで宇宙で行なわれた実験のなかで、これは「間抜けな研究だった」というのは、ありますか。

毛利　「そんなのはやらなくたって当たり前じゃないか」というのはありました。でも当たり前を確認するのが大事なんです。例えば、アカパンカビというのがあって、パンにはえるカビなんですが、このカビには体内時計があって二十四時間で胞子《ほうし》を出すんです。宇宙に行ったら、スペースシャトルは九十分で地球の周りを一周するわけだから、どうなるのだろうかと実験したわけです。結果は、何のことはない、地上と全く同じでした（笑）。しかし、これをやることは専門家にとってものすごく意味があって、学界では相当称賛されたようです。

たけし　この次は、カビを使うんだったら、いろいろと発酵させてほしいな。宇宙酒を造るとかね。宇宙酒で宇宙酔いしたら、頭が相当痛くなりそうだよ（笑）。

毛利　実際に、高知で酒屋さんが集まって、宇宙で酒をつくりたいという動きがあるみたいです。ただ、宇宙船の中は、禁酒なので飲めません（笑）。

たけし　毛利さんがやった実験では、水中花が面白かったですね。要するに、宇宙船の中で水が表面張力で丸い球になって浮かんでいる。その中に、水中花を入れて咲かせちゃう。

毛利　自分は科学者でありながら、宇宙で行なう仕事というのは、他の人が考えた実験ばっかりなんですね。要するに、実験を正確に行なうロボットみたいなものです。「何のために宇宙に行くんだろう」と科学者としては思うでしょう。自分なりの実験をしたいと思うと、自由時間を使うしかないわけです。自分の自由時間にできて、宇宙らしさを表現できるような実験を何かしたいなとずっと考えていて、水中花のアイディアが浮かんだんです。あれが本当に上手《うま》くいくかどうか分からなかったですけどね。すごく綺麗《きれい》なのが咲きました。

たけし　おいら、ガラス職人を宇宙に連れていきたいなと思うよ。宇宙で、プーッとガラスを膨らませる。

毛利　それ、すごくいいですね（笑）。

たけし　ガラス職人は、みんなガラスが溶けて垂れ下がってくるのをどう飾りに生かしていくかが勝負だから、回したりいろんなことをやるわけでしょう。要するに、重力を考えた上で細工をするんだけど、宇宙に行ったら、溶けても垂れてこないんだから、どんなのができるのか。興味があるんですよ。

人類の進歩に失敗はつきもの

毛利　たけしさんは野球が好きだから、ボールを投げて目標に当てるのが上手だと思うんですけども、宇宙でまともにやると、必ず上の方に行ってしまうんです。というのは、どのくらい重力の影響を受けるのか、ちゃんと無意識に計算して投げているんです。それが宇宙に行っても同じように無意識に投げてしまうのだけど、重力がないから、上へ行ってしまう。

たけし　逆に宇宙で、ピッチャーが投げた球も、バッターは絶対に打てないだろうね。バッターの方も潜在的にボールは重力の影響を受けてくるというのが分かって振っているわけでしょう。だから、絶対にボールの下で、バットを振ってしまうことになるんじゃないかな。

毛利　地上ではイチローは天才バッターだけど、宇宙に行ったら、分からない（笑）。

たけし　当たったら当たったで、守備も取れない（笑）。でも、チャレンジャーの事故があって、スペースシャトルに搭乗することに恐怖感はなかったんですか。おいらなんか、原付でこけるぐらいだから、絶対あんなに複雑でとんでもないスピードを出すものは怖くて乗れないよ（笑）。

毛利　恐怖感は、そんなにないんです。というか、恐怖感よりも行きたいということのほうが大きい。多少危険だというのは、飛行機に乗っているのと同じですよね。

たけし　それは暴力団がやっている飲み屋ですごく危険なんだけど、いいおネエちゃんがいるから、どうしても行きたいというのと同じだね（笑）。

毛利　それに、チャレンジャー事故ではどこがどういう時点で爆発したのかがハッキリ分かっていて、それも完璧《かんぺき》な調査の上で改良されていましたので、心配はしていませんでした。

たけし　基本的に人間が作るものだから、どんなにコンピューターを使ったりしても、意外なところに、ちょっとしたミスがある。それは仕方がないでしょう。H－ⅡAロケットの失敗もみんなそう。マスコミは一回や二回失敗しただけで、何百億円損したとか、ガタガタ言っていたけれど、日本独自の開発力を持たなきゃダメに決まっている。それをやらないと、子供たちだって科学に興味がなくなりますよ。

毛利　本当にそうですね。人類の進歩には失敗や犠牲というのは必ずあるんです。ロケットにしても、H－ⅡAのエンジンのコントロールの難しさと、中国が成功させた有人ロケットの単純さとでは比較になりません。中国は、ケロシンという燃料を使っている。要するに普通のガソリンのようなものです。片やH－ⅡAのほうは水素です。水素を燃やすと水になるので、環境にはすごくいい。だから、すごい高いレベルのことをやっているんですが、この燃料をコントロールするのが難しいんです。それが、成功か失敗かというだけで、中国の有人ロケットなんか、おサルの電車と変わらない。ただ、中で座っているだけだったりして（笑）。

たけし　だから、中国と同じ土俵で見られてしまうのはとても残念ですね。

毛利　中国のロケットも、一人でカプセルに乗っているので戻ってくる時にはいろいろとやることが多いと思います。パラシュートがうまく開かなかったときどうしようかとか。何か故障が起きた時に、回復するにはどうしたらいいかという訓練も積んで、それなりのプロじゃないと行けないでしょう。

たけし 聞くだけ失礼かもしれないけど、スペースシャトルに乗っていて、宇宙人の気配というのは感じましたか(笑)。

毛利 気配があってほしかったんですけどね(笑)。宇宙空間にUFOか何かないかと、自由時間に外を見るわけですよ。一番最初のミッションの時に、スペースシャトルの後ろのほうを見ていたら、オレンジ色の何か分からない物体が、ピカーッ、ピカーッと光りながら付いてくる。「コレは何だ」と思ったんです。でも、よくよく見たら、氷が無重力だからゆっくり回転しているんです。スペースシャトルから出た氷だったので、シャトルと同じスピードで後ろを付いてきた。太陽の光に反射してピカーッ、ピカーッと光っていただけで、がっかりしました。

たけし 宇宙に行って神を感じて伝道師になる人もいたけれど、最近は聞きませんね。

毛利 きっとサラリーマン宇宙飛行士になっちゃったからでしょう(笑)。先人がやってきたものについては、何度も同じことを聞いていると新鮮さがなくなります。どれだけ人生観を変えるほどの衝撃を受けるか。そういうものがだんだん少なくなる。

たけし 昔は海外旅行が珍しかったから、ハワイに行って帰ってきただけで、人生観変わって、冬でもアロハシャツ着ていたオヤジがいた(笑)。それと同じだね。でも、宇宙人と会ったら、衝撃ですよね。

毛利　宇宙に行ってきて、残念ながら地球にはまだUFOというか、宇宙人は来てないだろうというのが、ハッキリ分かったような気がします。いや、宇宙人はきっとたくさんいると思うんですよ。ただ、地球は目立たない星なんで、まだまだ地球までは、何万年かけて来るような物好きの宇宙人はいませんよ。

たけし　地球は銀河系の中心からでも何万光年も離れているわけで、言ってみれば辺境の星ですからね。

毛利　太陽みたいな、ああいうエネルギーを出す恒星がないと、惑星で生物が生まれません。そういう太陽の数が、銀河系の中に数億個とかあるんですね。その銀河系がさらに数億個あるから、太陽系みたいなのがたくさんあるはず。だから、宇宙人がいることは、ほとんど間違いないと思うんです。でも、太陽から別の太陽までの距離があまりにも遠すぎる。一番近いところから、宇宙人が光のスピードで来ても三十年とか、五十年とかかかるわけですから。ところで、現実にすごいことをNASAが発表したでしょう。火星に水があるということが証明された。水があったということですから、過去に生物が誕生した可能性もあったわけです。

たけし　なんかわくわくしますね。今回の火星の無人探査機から送られてきた映像とかも、面白いですよ。岩石とか、土壌の中の微粒子とかビックリしました。あの無人探査機のアンテナって、折りたたんであって、広がるようになっているでしょう。その折り畳み方が、日本の折り紙みたいなんですよね。

毛利　登山をやる人が、地形の地図をすぐ開けやすいように使っている折り方で、〝三浦折り〟という折り方があるんです。三浦先生という方が考えた方法なのですが、その折り方を使って、収納していたアンテナが開くようになっています。

あと百年で火星に人が住む!?

たけし　火星に行くとしたら、どのくらいかかるんですか。

毛利　人間が火星に行って帰ってくるのに、約二年間かかる。行きと帰りが十カ月ずつで、火星に四カ月いる計算になります。今も国際宇宙ステーションでは誰でも半年間は住んでいるし、一番長い人は四百日以上宇宙に行っていますから。

たけし　将来的には火星に人間が住むようになるんですか。

毛利　確実になると思います。地球と火星の関係は、今から五百年前のヨーロッパとアメリカ大陸との関係じゃないでしょうか。そこに行くこと自体がまだまだ冒険のような時代です。

たけし　じゃあ、五百年後ぐらいに？

毛利　五百年もかからないんじゃないですか。火星に住むのは、あと百年で大丈夫だと思いますね。実際に火星に行くのは、それよりもっと短く二、三十年だと思いますよ。

たけし　二、三十年で火星に人が行く。となると、カソリックの神父も伝道のために真っ先に飛んで行きそうだね。十字架のついたロケットで（笑）。

毛利　それはあるかもしれませんね（笑）。

たけし　火星人にも改宗せいって言う。おまえらの宗教は違うって言うんだろうな（笑）。毛利さんは、もう一度宇宙に行く予定はあるんですか。

毛利　今のところないんですけれども。

たけし　最年長は幾つでしたっけ。

毛利　一九九八年に向井さんと一緒に乗ったジョン・グレンさんじゃないですか。七十七歳です。

たけし　まだまだ毛利さんも行けますね。

毛利　旅行で行くんだったらいいんですけど（笑）。仕事で行くのはやっぱりしんどいですね。仕事で行くためには、肉体的、精神的なものも含めて、オリンピックに出るのと同じような相当な覚悟がいるんです。

たけし　おいらは、宇宙船が新幹線並みに気軽に乗れるようになったら宇宙に行ってみたいね。

毛利　今でも自分のお金を出して宇宙に行った人が二人いるんですよね。二十億円ぐらいかかりますけど（笑）。

たけし　例えば宇宙にいると、無重力でしょう。心臓は血を上にあげる必要がないから、負担は軽くなると思うんですよ。血のめぐりがよくなって、脳が活性化して記憶力がよくなるということはありませんか。

毛利　人間がここまで進化したのは、地球の環境に合わせて頭がよくなってきたからです。環境が変わると、ほとんどの場合、頭が鈍くなると思います。実際に無重力空間に行くと、最初の三日間は急に頭が悪くなったような気がします。ボヤーッと、ちょうど二日酔いの時の状況ですね。一週間宇宙にいても、地上で一番冴《さ》えている時と比べると、せいぜい九五パーセントぐらいの回転度ですね。そんな状態でも、間違わないで、作業がきちんとできるように訓練しているんです。

たけし　環境が変わると、そんなものなんですね。宇宙で放射線を浴びて、急に頭がよくなるとか……。

毛利　でも、分からないですよ。宇宙ステーションの中で、子供が生まれて、その子がそこで教育を受けた時に、どういう発想をするのか楽しみでしょうがないんですよ。哲学とか、神とかの概念とか、全部変わっちゃうんじゃないかって。

たけし　おいらは、そうした宇宙ステーションの中で、子供が生まれて、その子がそこで教育を受けた時に、どういう発想をするのか楽しみでしょうがないんですよ。哲学とか、神とかの概念とか、全部変わっちゃうんじゃないかって。

毛利　全然違うでしょうね。あと宇宙ステーションやスペースシャトルでは、あんまり男とか女とか関係ない世界なんです。無重力の世界では腕力の差はありません。そうして、毎日毎日が緊張の連続で必死なので、そうなってしまうんです。訓練の時から、そうですね。

宇宙では寝るのが楽

たけし　宇宙では、女性の生理とかはどうなのかな。

毛利　女性宇宙飛行士に聞いてみてほしいんですけども、おそらく、ピルか何か飲んで止めて行っちゃうんでしょうね。今、クローン人間とか試験管ベイビーとか話題にのぼることがありますが、きっと将来はああいう形で、人類は宇宙に広がっていくんじゃないかという気がします。宇宙では、男女が相手に遠慮したり意識したりしている余裕がない。そんなことが面倒くさくなると思いますね。地上だから四十八手あると言うけれども、宇宙だったら……。

たけし　宇宙は六万手ぐらいあるでしょう(笑)。

毛利　いやいや逆で、宇宙では上下左右の関係が全く同等になります。寝るのも立つのも上下左右がないので、同じことです。ですから、少なくとも三分の一にはなる。

たけし　宇宙十六手になっちゃう(笑)。よくギャグで、宇宙の性行為って、射精した瞬間、男は女からピューと離れて飛んでいくのかって。それで宇宙船の壁に後頭部打って即死するやつもいるんじゃないのかって言うんですけど(笑)。

毛利　実際問題として、無重力では合体するということ自体が難しいです。ぶつかると作用反作用の関係ですぐ離れちゃう。

たけし　紐《ひも》で結んどかないと難しいんじゃないか(笑)。

毛利　そうしないとダメでしょうね。

たけし　そうなってしまうと、別にそんな面倒くさいことはしなくてもいいやとなるか……。

毛利　すべて重さがあるからできることなんですよね。

たけし　例えば、性欲、食欲ということでいえば、宇宙で料理するというのは、味なんてどうなんだろう。
毛利　料理については、よく分からないですね。
たけし　少なくとも料理の匂《にお》いの粒子が船内に分散するんじゃないですかね。おならの匂いはどうなんですか。
毛利　確かに匂いはするのですが、拡散してしまうので、鼻が馬鹿《ばか》になって、もう分かんなくなっちゃうんです。以前、ロシアの宇宙ステーション「ミール」が飛んでいましたよね。あの中も相当臭かったんですが、中にいる人は分かんないんですよ。スペースシャトルも帰ってきてハッチをあけると、地上の人が、すごい匂いだって言います。
たけし　昔、学生時代にガルーダ航空のカーゴを開けて荷物を外に出すバイトをしていたんですけれど、その時と同じだ。まだワシントン条約がなくて、鳥とか動物を生きたまま、インドネシアから運んでくる。開けた時にもう言葉も出ないような匂いがするんです。
毛利　スペースシャトルは狭いから、トイレの中で食事をしているみたいなものですね。食べる、出す、という基本的なことが、宇宙では難しい。地上ではちゃんと落ちてくれるものが、落ちずにバーッと舞い上がるでしょう。だから、動物的にまともに生きるにはどうしたらいいかということがすごく大切になってくるんです。

たけし　寝るのも大変なんですか。

毛利　いや、寝るのはすごく楽です。寝るのだけは、地上よりもずっといいですね。プワーンと浮いているので、寝返りを打っても打っても、関係ない。

たけし　よく謳《うた》い文句でＮＡＳＡで開発された低反発のマットとか通販であるけど、あんなもんじゃないんだ（笑）。

毛利　服を着ていても何も着てない感じですよ。服が浮いているから。肩凝りなんかもなくなります。二〇〇〇年に行った時は、テニスで肘《ひじ》を痛めて半年間ぐらい痛かった。ところが、宇宙に行ったら、ぱっと治っちゃった。

たけし　宇宙病院ですね。負荷がないから、いろんなところが痛い人が行けば、即座に治っちゃう。ただ、宇宙に行くと骨からカルシウム分が出てしまうとか言いますよね。古い骨を壊す破骨細胞が活発化しちゃうらしい。ただ、骨の汚い部分を全部落としてくれる可能性があるので、そのあと新しい骨をつける細胞が活性化すれば、いい骨ができてくると聞きましたけど。

毛利　そうです、その話は最先端の研究ですよ。破骨細胞と骨芽細胞といって、それらの細胞の働きによって、骨が強くなったり弱くなったりするんですね。火星に行くためには、骨芽細胞が生まれて、骨の中のカルシウムを増やすようにするにはどうすればいいかというのが、今の研究です。宇宙では病院もいいのですが、身体《からだ》が楽なので、老人ホームが絶対いいですよ。

たけし　介護も楽でしょうね。

毛利　ちょっとさわるだけで、簡単に身体が動くんですから。

たけし　プールに死体が浮いているようなものだ。棒で突ついて、じいさん、向こう行けとか言ってね（笑）。

毛利　身体に障害がある人にとっても、いいと思います。

たけし　そんなに身体が楽だと、重力から解放されて、何か癒《いや》されるみたいな感じになるんですか。

毛利　寝る時には癒されます。あと宇宙から地球を見る時も癒されますね。

たけし　天国みたいな感じがします？

毛利　天国は行ったことがないので分かりませんね（笑）。将来は誰でも月に旅行に行くことが可能になるから、体験できますよ。月は地球に比べると六分の一のＧ（重力）です。完全に無重力になってくると、身体が安定しないので、もし老人ホームを作るのであれば、月あたりのほうがいいかもしれません。

たけし 姥捨《うばす》て月とか言われないかな。老人ホームのネーミングも「月光」とか「朧月《おぼろづき》」とか付いていそうだな（笑）。

毛利 おそらく老人ホームばかりでなく、月にはいろんな施設がある様々な都市ができると思いますね。

たけし それまで生き延びられないかな。

毛利 あと三十年ぐらいですから行けますよ。

たけし その時まで生きていても、ボケていたら嫌だね。せめて森繁《もりしげ》さんぐらいの意識は欲しいな（笑）。

毛利 森繁さんは、今、お幾つぐらいですか。

たけし もう九十。あの人はボケているように見えて、ボケたふりして、おネエちゃんのケツ触っているだけだから、全然大丈夫（笑）。おいらも、森繁さん見習って、月で介護してくれるバニーガールのウサちゃんを追っかけられるまで頑張ろう。

毛利さんは宇宙人はきっといるって言ってたけど、おいらもそう思う。ただ、問題は通信手段とコミュニケーションだね。

何万光年とか何十万光年ってかかるとんでもない銀河系があって、その中に地球みたいな星があったとしても、光のスピードを越せるような通信手段がないと、地球外生命体とコンタクトを取るなんて不可能だよ。でも、百年ちょっと前には空を飛ぶなんて夢物語だったんだから、二十二世紀には光速の乗り物が発明されてるかもしれない。おいらが生きてるうちはちょっと無理だろうけど。あと、地球上の生物は人間だったり動物だったり植物だったりするけど、地球外生命体がバクテリアみたいなものだったら、どうやったってコミュニケーションはとれない。いやいや、向こうから見たら、こっちがバクテリアかもしれないいな。

まあ世の中、宇宙人みたいな顔の奴《やつ》はいっぱいいるから、とりあえずそれで我慢しとくか。㋟

麻雀《マージャン》の達人　桜井章一

雀鬼会会長

「勝つ」って虚《むな》しいことなんです

さくらい・しょういち

東京生まれ。昭和30年代後半より、裏プロの世界で20年間無敗の伝説を築き、その強さから「雀鬼」と呼ばれる。現在、「雀鬼会」を主宰し、後進の指導に当たる。

半荘《ハンチャン》で一億円の勝負!?

たけし　この前、浅草キッドの玉袋筋太郎《たまぶくろすじたろう》が「新幹線の中で桜井章一、あの〝雀鬼《ジャンき》〟に会ったんですよ」って、興奮して、おいらに言うんですよ。「誰だよ」って言ったら、「ヤクザや政治家の〝代打ち（代わりに打つ人）〟として、裏の世界の麻雀《マージャン》で二十年間負けなしだった」って。

桜井　たけしさんは、私のことを疑っているでしょう（笑）。ある意味、疑うことに真理がありますからね。「そんな奴《やつ》がいるわけない。麻雀なんて運があるのに二十年間勝ち続けるわけねえだろう」と。

たけし　はい（笑）。だって、強い人がいるのは分かるけれど、二十年間というのは、絶対ありえない話でしょう。将棋や囲碁と違って、麻雀って、一対一じゃなくて、三対一になる。それに、ツキも必要なのに、それでも負けないというのは、何なんだろう。基本的には、どんな勝負をしていたんですか。

桜井　勝負はいろいろな形がありました。終了時間を決めてやろうというのもあれば、何の制限もなしで、相手がパンクするまでやるというのもありましたね。例えば、バッグに一つ札束を詰め込んで持ってくるじゃないですか。それがなくなるとする。すると、秘書だとかそういう者に、「金持って来い」と持って来させて、まだ勝負するとか。そこで、「まいった」と言って倒れる奴が出た時点でやめるとかね。

たけし　一晩にどのくらいのお金が動いていたんですか。

桜井　普通の皆さんが考えるような千点千円とか二千円とかいうのは、本当にお遊びです。半荘でもばかでかい金が動く勝負をやっている人もいたし、家一軒とか山を賭《か》けちゃう人もいましたね。一晩の麻雀でゴルフ場を手に入れた奴もいますよ。

たけし　そういう麻雀はどこでやるんですか。

桜井　料亭だとか。あと、下は料亭だけど、上に隠し部屋がある。そういう部屋には、見番というのがいて、お風呂《ふろ》屋《や》さんの番台みたいなものに座っている人が、こちらの試合を見ています。場面がよく見えている、ボンクラじゃない人をおく。ボンクラって、盆つまり博打《ばくち》に暗いというのが元々の語源だから。

たけし　その人がイカサマがないかどうか見ているわけだ。

桜井　そういうのに長《た》けている人がいるんです。そういう時は、卓も普通のものじゃないんです。イカサマを阻止する卓ってデカイんですよ。広いほうが場面がよく見えるでしょう。麻雀って、お互いに身近に座っているから、かえって相手の手元とか見えにくくて裏の技が通るんですよ。広いところで変なことをやると見えてしまうでしょう。
たけし そういう高いレートの麻雀というのは、どういう人がやるんですか。
桜井 テレビのスポンサーで、バーッと会社の名前がいっぱい出てくるじゃないですか。そういう企業のお偉いさんとか。銀行から勝手にお金をいくらでも降ろせる人ですよ。そんな人間は、世の中の一部分に確実に存在している。麻雀やってて面白かったのは、世間の裏側の汚さがすごくよく見えたことですね。
たけし 昔、稼いだお金ってどうしたんですか。
桜井 政財界のお偉いさんとやることもありましたが、私がやる大きな勝負は、代打ちなんですね。代打ちでやった場合は、掛け金のうち何分《なんぶ》を謝礼とか言ってくれるんです。でも、私は試合が終わった時に、貰《もら》う金が汚いような気がして貰えなかったんですよ。大の大人というか、政治家とか財界人とか、世の中で威張っている奴をやっつけることのほうが楽しみだった。気取った話をするわけではないけど、私は学校出て、ある会社へスカウトされて入った時に、九年間無給で働いていたんですよ。誰とも対等でいたいから、給料をもらわなかった。その代わり、出退社を自由にしてもらったんです。

たけし　二十年間無敗の前は九年間無給だった（笑）。

桜井　無給でサラリーマンをやっていたのは、二十年間無敗の時期と重なるんですよ。それが出来たのも、雀荘が私のキャッシュカードだったから（笑）。といっても、安い麻雀ですよ。若いから、そんなに大金が必要なわけじゃなかった。たまたま代打ちをやった時は、例えば一億円勝ったとしたら、依頼者が六千万円やるよとか言うわけですが、それは貰っていませんね。でも、自分に挑戦してくる人間がいて、自前で打つ時もある。そうすると勝ってしまって、どうしてもお金が入ってくる（笑）。そうした時には、その辺にある紙袋に何千万円ものお金を突っ込んで、そのまま電車に乗って新宿まで帰ってきて、雀荘で麻雀やりたくなるわけですよ。雀荘の棚の上にお金がいっぱい入っている紙袋をポーンと載せて、そのことを忘れて安い麻雀を打っているわけです。

たけし　紙袋をそのまま忘れてきたりして。

桜井　さすがにそれはなかったけれど、その紙袋は、うちの便所の天井裏に隠していた（笑）。よく、そこからお金を持ち出して、お小遣いに使ったことはあったんですけれどね。

アヤをつかんで運の動きを見る

たけし　代打ちでやる時は、四人とも皆、代打ちですか。
桜井　そうですね。
たけし　それぞれの後ろに政治家や財界人がいたり……、そうしたパトロンは後ろで見ているんですか。
桜井　その場合は、少し離れたところで皆さんで見てらっしゃって、近場では見てない。部屋はシーンとしていて、会話もないです。ポン、チー、カン、ロンという声だけ。
たけし　さっき、政治家をやっつけたいって言っていましたけど、桜井さんの後ろについているのは？
桜井　それが、結局は政治家だったりするわけです（笑）。
たけし　向こうからご指名されちゃうわけだ。でも、勝ちっぱなしだと、誰も彼もから桜井さんにご指名がかかっちゃうんじゃないですか。それに謝礼も貰わないんだから（笑）。

桜井　私と同じように、その道で何連勝もしている奴がいるわけですよ。抱かれている奴もいるわけですよ。私は一匹狼《いっぴきおおかみ》だったけど、そういうお抱えがいる。ヤクザのお抱えの奴とか。私はサラリーマンだったけど、中には普段は外交官をやっている奴とか、いろいろといるわけです。

たけし　でも、それこそ何百連勝にもなってくると、相手がいなくなるでしょう。そういうことはないんですか。

桜井　それはありますね。だから、それなりに強い人間だと相手もプロですから、私を知らなくても、一局打つだけで「すみませんでした」って負けを認めて下がるんです。正座して「お開きにしてください」と。「こいつはできるな」とこちらも思うから、「いいよ」と言ってやめるんだけど。しかし、人間って、たいてい自分が一番だと思っているじゃないですか。

それに麻雀はツキだけだと思っている。でも、ツキというのは、動かすこともできるわけです。人間というのは生まれた時に宿命がある。私が男に生まれたのもそうだし、父親も母親も選べないし、それが宿命じゃないですか。しかし、運命は、いくらでも変えられるわけでしょう。その運命をどう扱うかというのが麻雀をやるうえでの一つの実力なんです。

たけし　桜井さんは、相手の牌《パイ》が見えて言い当ててしまうとか、不思議なことをやるんでしょう。

桜井　相手の牌が見えるというか感じるんです。そういうことで、私のことを魔法使いだとか、パフォーマンスだとか、手品みたいなもんだとか、いろいろと言う人はいますよ。でも、そうじゃない。そういう気がするだけで、その気が当たっているだけなんです。あと、アヤというのがある。麻雀の流れは必ず何かのアヤでつながっています。男と女も、これだけ人数がいて、誰かと誰かが結婚する。それをアヤとは言わないで普通の人は縁とか運とか言いますが、勝負の世界では運ではなくアヤと見るわけです。そのアヤをつかんでいると、運の動きが見える。

たけし　だから、どういう状況になっても、桜井さんは勝ち残ってきたわけですよね。

桜井　生意気な言い方かもしれないけど、若い頃は、麻雀打っていても、他の人たちと打っている気持ちはあまりしなかったんです。自分一人で打ってる気がしました。

たけし　昔の勝負やっていた時に、ライバルというか、「こいつはすげえ」というのはいました？

桜井　いましたね。麻雀を打っててね、「うわー、こいつすげえな」って憧《あこが》れちゃうんですよ。

麻雀には、いい振込みというのがあるんです（振込みは自分の捨てた牌で相手が和《あ》了《が》ること。振り込んだ人の一人払いになるので普通はやりたがらない）。例えば、雨でも悪い雨があるかもしれないけれど、でも必要な雨はいっぱいあるわけじゃないですか。良い悪いは人間の都合で決めていることでしょう。麻雀というゲームは、皆、和了ることだけが立派だと思ってるんだけれども、振ることのほうが立派なんです。振ることをきちんとしている奴は最後には勝つ。振り込むことをキチッとすると、いい和了りも生まれてくる。そのバランスを取ることが大切なんです。それを、一般的な人は和了ることだけが必勝法だと思っています。振らなければいいと思ってる。

たけし まあ、そうですね。

桜井 それで、私は麻雀を打っていて、この相手に振ったほうが場が壊れないなとか感じるじゃないですか。それじゃ、この次に、この相手に振っておこうと思って、当たり牌をそっと避《よ》けておく。そうすると、私が憧れた相手も、私と同じように右手が動くんですよ。自分の欲を捨てて、ここは振ったほうがいいなという時に振るんですよ。そういう人間を見た時は、震えるぐらい気持ちがいいんです。

たけし おいらがやっていた〝演芸場の麻雀〟とは大違いですね。演芸場って出番があるんで、衣装を着たまんまで麻雀をやって、テンテケテンと太鼓が鳴ったら、出て行く。その場で現金払いで清算して、出番が終わったら、また入れてっていう具合なんです。そこに手品師がいて、すごく強かった。イカサマやってるなと思ったんで、「おまえ、片手をズボンに入れてやれ」って。それでも勝つわけ。「絶対、イカサマやっているよ」というんで、今度は牌を取るための人差し指と親指以外はガムテープで止めて、おいらたちが牌山を作ってやった。それでもおいらたちは勝てない。本当に強かった(笑)。

桜井　だいたいプロだったら、そのぐらいのことはされても大丈夫なんですよ。勝てますよ。

実力のままにやれる麻雀を

たけし　他の博打も同じように強いんですか。

桜井　私は他の博打はやらないです。どちらかといえば、博打はいけないものだと思って育った。うちの父親は結構博打が好きだったんです。それで母親が泣いていたものだから、子ども心に、博打があるから母親が悲しむんだと思っていたんです。

たけし　おいらんちに似てるね。うちの親父《おやじ》もペンキ屋で博打好きで、おいらんちの母ちゃんが泣いていた。ベーゴマとかメンコでも母ちゃんから怒られたな。だから隠れてやっていた。

桜井　私もね、たけしさんと似てるなと思うところがあるんですよ（笑）。

たけし　桜井さんはおいらよりも少し上だけど、似たような時代を生きているでしょう。同じような遊びやってたんだよね。釘《くぎ》さしとかメンコとか。桜井さんは、そんな遊びでも決して負けなかったらしいけれど、おいらは負けてばっかり（笑）。負けると、婆《ばあ》ちゃんから小遣いを貰って、兄ちゃんから、メンコやベーゴマを買うんですよ。すると、一番情けないベーゴマとかヨレヨレになったメンコとかをくれるんです。

桜井　たけしさん、甘かったんです。私は、親からそんなものを買ってもらうのはいけないと思っていました。メンコをやり出した時も、負けたらメンコはもう二度とやらないつもりでいました。だから、メンコをやる前に、どうやったら勝てるのか、他の奴《やつ》らのやり方を徹底的に研究していました。何だ、メンコには地面との間に空きというのがあるじゃないか。そこへ風を起こしたらメンコが返るんだなとか……。

たけし　子どもの時から、そんなことばっかり見ていたんだ（笑）。育った時代の環境は、本当に似ていますよ。麻雀も始めたのは大学の頃からでしょう。

桜井　あの頃は、一億総麻雀の時代ですからね。私も大学時代に、「どこに行くんだよ」って友達について行ったら雀荘だった。暇だったから後ろで見てたら、「何で、こんな絵遊びに苦労するのか」と思ったんです。みんな数をそろえようとしているから苦労している。後ろから見ていて「ただの絵じゃないか」と思ったんです。それで自分でやってみたら最初から勝ち続けて、それで、半年後には、いわゆる裏の世界のプロという人たちに引っ張られたんです。

たけし　将棋の羽生《はぶ》さんも将棋は絵だと言っていましたよ。自分に合う絵なら勝てるけど、調子の悪い絵は劣勢だから、自分にとってのいい絵にしていこうとすると、やっぱり絵なんだね。漫才でも、頭の中に絵がない奴はだめ。言葉でやろうとしても面白くないんだ。自分の中で、面白い絵があればワーッとしゃべっていけるけど、絵がなくて言葉が優先すると、何をやっていいかわからないことが多いね。

桜井　数って、部分的じゃないですか。そうじゃなくて、絵の感覚になると全体感でとらえていく。そうすると、全体と部分的なものが流れとしてつながっていくんですよね。例えば、たけしさんが映画を撮ると、一部分ずつ撮っていくわけでしょう。でも、それをつなげると一つの絵になる。それと同じで、流れるということは、部分的なものをつなげていくことだと思うんです。

たけし　でも、すごいな、大学時代から裏プロですか。おいら大学生の時に、早稲田にいた奴が二人で通しのサインを作っていて、そいつらに入られると、いつの間にかやられる。何でそんなすごい手で和了られるのかが全然わからなかったけど、後で聞けば、そんな技を使っていたんですよ。

桜井　麻雀《マージヤン》というのは、正当なゲームじゃないですよ。雀鬼会《ジヤンき》（桜井氏が主宰する麻雀の塾）の麻雀は少し違うんですけど、普通の麻雀はずる賢い奴が勝つ。世の中と一緒かもしれない。世の中の政治経済を見ると、能力がある人間が必ずしも勝つわけではなくて、結構、ずる賢いことに長《た》けている奴が伸びるんです。麻雀でも同じです。でも、それ以上になってきて、本当の強さを身に付けると、ずる賢さが見えてきて、ずるさなんて何でもないよという勝ち方ができるんですよ。

今、たけしさんが言った早稲田の学生の話はイカサマとか裏技の話ですが、私が勝負の世界にいた時は、ものすごいイカサマ師がいっぱいいた。ところが、イカサマなしでやろうというヒラッコというのがあるんです。ヒラッコでやると、本当に見えないものを見ていくことが勝ちにつながります。たけしさんと対談するということで『座頭市《ざとういち》』を見たんですが、座頭市って目が見えないわけでしょう。私の麻雀も、見ないほうが勝つんですよ。場を見てたら負けるんです。後ろを見ながら麻雀を打つ（笑）。それでも勝てる。ですから、『座頭市』を見た時に、「ああ同じだな」と思って見ていました。

たけし　あの映画は、ああいうストーリーなものですから。実際には、おいらは薄目を開けているんですけど（笑）。

桜井　私は実力のままにやれる、本当の麻雀をやりたいと思っているんですよ。世の中で出世したとか、お金持っているからとか、そんなことどうだっていいじゃないですか。勝負の中で正当な勝ち負けはあるだろうということをやりたいんです。勝つことだけが正しいのではない。ですから、雀鬼会では試合して優勝しても、失格になることがザラにあるんです。汚い麻雀を打ったり、人に迷惑かけて打ったりしたら、そういう麻雀で勝っても、それは失格なんです。

たけし　おいらたちの世界だと、〝それ〟しかない（笑）。ひどい時には勝つためには後ろから押してしまう。ゴルフで他人がパターをやってる時に、後ろから押したら、「それはないだろう、たけちゃん」と言われたことがあったな（笑）。

桜井　それは、たけしさんの場合、勝負すらお笑いの土俵に変えてしまう力があるからでしょう。一般的には、汚いことをするのは、勝ちたいという欲とか、そういうものがあるからですよね。我々は別に勝つことに欲はないし、勝つことが正義だとも思ってないんです。勝つことは結構不正だなと思ってる。それは勝ちを多少知っているからこそ言えることなんです。本当に私は長い間勝ってきたんで、「勝つ」って、こんな虚《むな》しいことはないなと思ったんです。代打ちを辞めた後、若い連中に勝つことと違う何か他のことを、どうやって教えたらいいかなと考えた。政治、経済の欲を全部取ってしまったら、いいものが出来るんじゃないかと思って、出来たのが今の雀鬼会なんです。政治的な策略や戦略、それから経済的な観念、そういう二つのものをうっちゃってしまうと、結構いいものが残るんです。皆、政治的に頑張ろう、経済的に頑張ろうというところから、どんな手段を取っても勝とうという気持ちになるわけでしょう。たかが麻雀で気取ったことを言っているようだけど。

修正力を持つこと

たけし　雀鬼会には、いろんな若い人たちが麻雀を習いに来ているんでしょう。

桜井　登校拒否だとか、心の病を持っている子とかが集まってきています。

たけし　桜井さんのところに行くと、そうした心の病が良くなってしまうというんだよね。その理由はいろいろあるだろうけど、桜井さんの下にいっぱい弟子がいて、その中にいるだけでも素直になってくるということが、あるんじゃないですか。

桜井　うちらみんなユニフォーム着てるんですけど、ユニフォームの背中に「素直と勇気」と入れている。私はどちらかと言うと、見えないところが見えてしまう。「今日、おまえ、何してきた」と大体分かるんですよ。そうするとだんだん嘘《うそ》をつけなくなってくる。正直になってきて、素直さが出てくるんですね。そういうところから彼らが治っていくというのはあるかもしれませんね。

たけし　うちの軍団も、ろくなもんいなかった（笑）。

桜井　うちだって、ろくなもんいないですよ（笑）。昔、私が雀鬼会を始めた頃は、元暴走族だとか、ドロップアウトした奴だとか、そんなのばっかり集まってきていました。今は心の病を持った人が本当に多いですね。

たけし　今んとこ、うちは暴走族と右翼だな（笑）。

桜井　面白いじゃないですか、そういうのはね。そういう人間は、何かに対する反抗をしているというふうに見えてしまうけれど、反抗じゃなくて、いい意味で〝対抗〟だと思う。何かに対して対抗心が起こってくる人間って多いじゃないですか。そいつらは、よくしてやれば、いいほうにキチッと行きますよ。私が新幹線の中で会ったの、誰だっけ？

たけし　浅草キッドの玉袋――。

桜井　彼とたけしさんの話をした時にね、たけしさんの持っているのは、「優しさなんて弱いもんじゃなくて、たぶん、温かいんだよ」という話をしたんですよ。私は弟子たちに「心温かきは万能なり」って教えてるんです。優しさの中には弱さから出てくるものが一杯ある。優しさって駆け引きや詐欺《さぎ》的なものがあるじゃないですか。恋愛だって、女の子が優しいなと思ってつき合ってみたらとんでもない奴だったということも多い。それが温かかったらずっと一緒なんですよ。軍団も、たけしさんが温かいから付いてきているんでしょう。

たけし　勝手に付いてきているだけですよ（笑）。

桜井　私は卓上の勝負師ですけど、たけしさんと会う前に考えていたのは、たけしさんこそ、すごい勝負師じゃないですかということ。常に勝ってるじゃないですか。

たけし　映画は連敗ですけど（笑）。

桜井　連敗なものですか。勝っているじゃないですか。

たけし　いやあ、最初はKO負けしてしまって、なんとかリターンマッチで勝ってる感じかな。

桜井　それは、修正力があるからですよ。私も弟子たちに「修正することが大切だよ」と教えているんです。負けることは気にすることじゃなくて、その後の修正力こそ大切だと。たけしさんはいろんなことをやって修正してきてますよね。

たけし　おいらの修正力なんて怪しいもんです。

桜井　修正力というのは、自分の持っている弱点を修正するということもあるし、ミスした時によく反省して修正するということもある。修正というのは一つの形では表わせないんですが、やっぱり基本に戻るという感覚も修正力の一つで、そういうのが大切だと思います。たけしさんを見ていると、「世界の北野武」と言われて、映画ですごいことをやっている反面、夜中の番組で変なお面をかぶったりしている。あんなことをやるのは、すごい修正をしているんじゃないかなと思うんですよ。

私も、昔、何億って勝負して勝ちますよね。勝った後に五十円のラーメン食べているんです。ほんとだったら世界旅行にも招待してもらえるような立場だったんだけど、そんなの要らないって。動物園に子どもを連れて行って遊んでたりしていた。それが私にとっての修正力でした。そういう自分にとっての「土に還《かえ》る」感覚は持っていないといけないんじゃないですか。

速く打てば、迷いや弱気が消える

たけし　野球もずいぶんお好きなんですよね。

桜井　たけしさんと神宮でやったことあるんですよ。もう十五年ぐらい前に。私は、背番号が麻雀の……。

たけし　ああ、背番号が麻雀の牌《パイ》、思い出しました。

桜井　たけしさんのチームとやって勝ちました（笑）。たけしさんは野球はすごく上手《う》手《ま》いんだけど、私は、野球はあんまり上手くないんですよ。うちらは一年に何回か、ソフトボールの大会をやるんですが、私、いつもベンチで見てるんです。それで九対〇ぐらいになると私が負けているほうのチームに入るんですよ。そうすると必ず入ったほうが逆転勝ちする。それが十年ぐらい続いています。面白いですよ。〝存在〟が動くんでしょうね。私が何するでもないのに、私がいるだけで、向こうのチームの存在感がなくなってきて、うちのチームのそれぞれに存在感が出てくるんですよ。

たけし　オリンピックの野球代表の選手は、まず麻雀で鍛えるべきだな（笑）。長嶋さんの代わりに、桜井さんが監督をやれば、皆が「カン」と打ち出し、「ポン」と投げる（笑）。

桜井　勝負というのは、結局、〝存在力〟の戦いじゃないですか。たけしさんが勝っているのは〝存在力〟があるから。たけしさんの場合は、それに感性があるからでしょう。そこに興味があったんですよ。私も弟子たちに考えることを全部捨てさせ、「一秒の原則」で麻雀を打たせています。雀鬼流の麻雀とは、一秒でツモって切るんです。

たけし　雀鬼会のビデオを見たら、想像と全然違っていましたね。あんなに速く進むとは思わなかった。でも、ちゃんと和了《あが》っている。半荘《ハンチャン》、十五、六分で終わっていますよね。

桜井　十四分ぐらいですかね。あのスピードの中で、手順間違いを一回でもしたら失格なんです。人間というのは、結構、無駄な思考と無駄な動作を持って生きている。だから、迷いがものすごく入るし、間違えた方向に行きやすい。頑張って間違えたほうに行ってしまうんです。だから、要らない思考とか、要らない行動を消せば、無駄なものがなくなるじゃないですか。

たけし　おいらは、とてもじゃないけど、雀鬼会のようにあんな速く手が動かないよ。それにしばらく考えるものな。

桜井　なぜ考えるかというと、やっぱり、わからないからでしょう。考えると、そこに弱気とか迷いとか不安が出てくるんですよ。私からすると、弱気とか迷いというのは、もう勝負の上では負けることとなんです。考えないで打っていれば、弱気になっていることもできないし、迷う隙《ひま》もない。速く打てば、迷いや弱気が消えてくるんですね。だから強くなっていくんです。
たけし　映画にしても、おいらはいろんなことを考えるには考えているんですけれど、もうこれ以上考えられないなと思ってパタッと忘れた瞬間に、パッとアイディアが出たりする。そういう時はたいていいい方向にいくね。一生懸命考えてそのままやると、だいたい失敗している。それはなぜかというと、その考えていることが、マイナス思考で考えているからだと思う。ミスしたくないとか、いいものを作りたいとか。そういう悪い考えを全部吸収してしまうのかもしれないね。
桜井　麻雀も同じです。ただ、私は、麻雀はやらないほうがいいと言ってるんですよ。私の周りで、麻雀以外のファン、私の考え方のファンになっている人もいっぱいいます。その人たちが麻雀やってもいいですかと聞いてきますが、やらないほうがいいよと答えている。なぜなら、麻雀は悪いことだから（笑）。たぶん、普通は麻雀をやると人間が悪くなると思います。

たけし　昔の話だけど、事故を起こして死にかけて、オーストラリアで療養していたんですよ。友達とかが全部ついてきたんだけど、麻雀やるとやたらと勝っちゃう。おいら、もう勝つ気がなくて投げてるせいで強かったんでしょうね。毎回、お金取っちゃうんだけど、困ったなと思って。おいら、このままいくと仕事に復帰できないなと思ったんです。それで最後にガダルカナル・タカに国士無双を振り込んだんだ。その時、ああよかった、よく振ったなと思ったんです。それで東京に帰って仕事をしようという気になった。あれでずっと勝ってたら、仕事に戻れなかったかもしれない。

桜井　それは、そういうことだと思いますよ。

たけし　あの時は、なんか厄を落としたような感じがありましたよ。気持ちがキューッとなったね。

桜井　麻雀を打っていて振り込んでしまって、相手の役が良かったりすると、振り込んだ人は悔しがるじゃないですか。悔しがるのは損したという気持ちがあるから。でも、そうではないぞと言っているんです。「自分が要らない牌を向こうの人が使ってくれたんだから、リサイクルじゃないか、ばかやろう」と教えるわけですよ。自分が要らない牌を使っていただいたんだから、その牌が生きたじゃないか、ありがたいことなんだと。そう考えないと、麻雀牌がかわいそうですよ。麻雀牌には罪はないんですから（笑）。

たけし「俺はこの牌が嫌いなんだ……」っていうのは一番ダメなわけだ。北《ペー》が嫌いな奴《やつ》とか、北が来ると、まず捨てちゃう。それで失敗するんだけど。

桜井　人間は何をやるにしても、好き嫌いから始まるんだろうけど、それはいわゆる固定観念でしょうね。麻雀《マージャン》にはその時の流れで、自分の牌に、中《チュン》がすごく出てくることがある。そういう時には、中を大切にすれば、勝負はどうにかなるということがあるんです。ところが、中が消えていく変わり目も流れの中であるんです。麻雀に限らず競馬なんかもそうだろうけど、ゲームや試合には変わり目がある。その変わり目に順応性を持っているほうがいいわけですよね。だから頑固ではいけない。柔らかくなければダメです。

（ここで、別室に移動し、実際に麻雀をすることに。たけし、天性のひきの強さでどんどんリーチをかけるが、そのたびに待ち牌を言い当てられて、ビックリ。その後も桜井氏の言う通りに牌が動き、驚きの連続をもって半荘終了）

勝負に守りはないんです

たけし　実際に麻雀をやってみると不思議だね。当たり牌を全部当てられた時はショックだったな。

桜井　たけしさんがそういう顔をしただけですよ（笑）。

たけし　対談した話が頭に残っているじゃない。麻雀の流れとか雰囲気とか。そればっかし考えていたら、実際、おいらのところに東《トン》ばっかりが来るとかね。変わり目があって、その後は東が来なくなった。そういうのがちゃんと流れになっているのがよくわかったたって感じですね。

桜井　三回和了った後に、この次は、配牌持ってくる時に東が来なくなりますよって言ったら、一回も来なかったでしょう。あれで、たけしさんの和了りは終わりなんですよ。あそこは、たけしさんが他の人に振ればいい。振ればまた流れが戻ってくる。あそこで振るのを恐れたり怖がったりすると、たけしさんの麻雀はダメになってしまうんです。勝負には守りってないんですよ。よく「守りの野球」なんて言うけど、勝負に守りはない。勝負には攻撃と受けしかない。攻撃するための受けがあるだけです。守ったら、もう負けですよ。それと、たけしさんのさっきの麻雀は考えたものではなくて、感性が麻雀を和了らせた。たけしさんの持っているものがバーンと出たから。

たけし　何ていうのかな、桜井さんと一緒にやっていると、ホワーンとするんですよ。

何を引きたいとか全然思ってない。そうしたら、ポコッと最後の一枚をツモって和了れたんです。あれは一生懸命にやっていたら、引けなかったような気がする。

桜井　あれは絶対に無心ですよ。

たけし　でも、雀鬼会の麻雀はずいぶん違いますよね。

桜井　まず一打目に風牌《フォンパイ》（東、南《ナン》、西《シャー》、北の牌）は捨ててはいけない。風というのは絶対、われわれでは勝てない神様じゃないですか。だから、大切にしないといけない。それから、三元牌（白《ハク》、發《ハツ》、中）も人格を現しているものなので、やはり大事にしなければダメ。

ところが、皆さんがやると、まず字牌を切って、数の牌を大切にしているでしょう。数というのは皆さんが言うお金なんですよ。だから、お金への欲があるから、どうしても数を大切にしちゃう。

たけし　風とか三元牌を最初に切って、数の牌を残すのは、お金に目が眩《くら》んでいるということなんですね。

桜井　だから、雀鬼会の場合は、損得よりも、自分の決めた約束のほうを大切にします。今の人たちは全部、合理的だとか、効率だとか、損得でものごとを捉《とら》えている。でも、もともと人間というのは、損得より掟《おきて》を大切にしていたと思うんです。

それに私はまず牌の打ち方の動作から覚えさせます。だって、麻雀は皆、自分のために打っているようだけど、打ってくれる相手に迷惑をかけるような麻雀は打っちゃいけないんです。

勝負事というか何でもそうだけど、勝機に「間に合えば」勝つわけでしょう。たけしさんの人生なんか全部間に合わせちゃってきているんじゃないですか。武道でいう間合いですよ。それを間に合わない麻雀、遅刻するような麻雀を打ったら失礼じゃないですか。それから、強さというのは目に見えないもので、強さが見えたら、もう強さじゃないと思うんです。リズムが見えたらリズムじゃないと。そんな教え方をしてます。

たけし　何かこうなってくると禅の境地を聞いているようだね。でも、一緒に麻雀をやってみれば、二十年間無敗というのも、嘘《うそ》じゃないと思ったね。いやあ、今日はまいりました。

まぐれなのか何なのかよくわかんないけど、対談の後でおいら「二十年間無敗」の雀鬼に勝っちゃったんだよね（笑）。「たけしさんの前だと、トーンが狂う」とか桜井さんは弁解してたけど。やっぱり麻雀も普通にやれば博打《ばくち》なんだよね。技術的なもの

もあるとは言っても、最後は運不運。ガキの頃からのおいらの悪運もまだまだ捨てたもんじゃなかったね。㊟

字幕の達人 戸田奈津子

翻訳家

名セリフは直訳では生まれない

とだ・なつこ

東京出身。津田塾大学卒業後、ＯＬとなるが1年で退社。フリーで映画会社の通訳などをする。昭和55年『地獄の黙示録』の字幕で本格デビューを果たす。

戸田奈津子ってブランド名？

たけし　戸田さんは、映画好きの人間にとっては、淀川長治《よどがわながはる》さんみたいに、誰でも知っている人になっていますね。おいらも、ギャグで「戸田奈津子」って名前を使わせてもらいました。おいらの映画『みんな〜やってるか！』の中で、インチキ・イラン人が適当なことを喋《しゃべ》ると、その下に字幕が出て、「くじらが、食べたいな」とかいい加減な訳なんだけど、字幕の最後に「訳・戸田奈津子」って（笑）。

戸田　その問い合わせがスタッフの方からあった時に、「もちろん結構です。どうぞお使いください」って言ったんですよ。

たけし　パロディーになるってことはすごい。誰でも知っているわけだから。『駅馬車』とか『真昼の決闘』も、字幕は戸田さんだったっけなと……。

戸田　失礼ですよ。そんな歳《とし》じゃありません（笑）。

たけし　よく考えると、戸田奈津子って、何かブランド名みたいですね。戸田奈津子事務所というのがあって、十人ぐらいがそこにいる。映画会社から字幕が発注されると、いろんな人が翻訳やって、最後に戸田さんがそれを見て「大体いいんじゃない」

って、OKを出しているんじゃないかって（笑）。

戸田　それはとんでもない誤解です。ぜひ、ここで弁明させていただきたい。私は一人で一言一句やっています。しかも、そんな百年前からやっているわけじゃない。淀川先生は百年前（笑）。私の経歴はまだ二十年ちょっとです。フランシス・コッポラ監督の『地獄の黙示録』からなんです。

たけし　おいら、それが信じられないんですよ。もう字幕というと、戸田奈津子というイメージだからね。

戸田　ほんとにそうなんです。二十年ほど前から、堰《せき》を切ったように仕事が来るようになって、それでワッと仕事をやるようになったから、皆さん、そこで勘違いなさるようになっている。

たけし　今まで、何本の字幕を作っているんですか。

戸田　大学出てから、すぐにもやりたかったのに、全然門戸が開かなくて、とにかく二十年待ったんです。それで『地獄の黙示録』でチャンスをもらって、やっとブレークしたものですから、嬉《うれ》しくて嬉しくて、注文をもらったら「ノー」と言わずにどんどんやったわけ。そうしたら、年間五十本ぐらいになっちゃったんですよ。さすがにそれはもう疲れて、今、四十本ぐらいですけれど、大ざっぱに計算しても、二十×五十で一千本。その前にも少しやっていたので、千本ちょっとかな。私の前にいらっしゃった先人の方は全部男性ですが、清水俊二先生は二千本のお祝いなんかしていましたから。

たけし　エーッ！

戸田　あの方たちは、大学を出てすぐ映画界に入り、私の倍の年数はやってきたわけですから。私は、その半分しかやっていないです。

たけし　それでも、すごいな。おいら、千本も見ていないかもしれない。千本の中には、くだらない映画もあったでしょう。

戸田　私たちは、「映画会社様々」で、お仕事をちょうだいする立場ですので、映画を見てから、「こんなの嫌よ」とは言えないわけです。ですから、見たら最後ですね。でも、仕事をやり出してしまうと、もうお芝居の中に入りますから、映画の評価とは全然離れてやってしまうんです。だから、つまんない、おもしろいはあんまり現場では関係ないです。

たけし　字幕をつけていく時は、どうするんですか。

戸田　まず試写を見なければ話になりません。

たけし　二回目以降は、ビデオで場面で止めながら……。

戸田　いや、とりあえずビデオは見ません。時間かかっちゃうもの。そんな時間ない。一週間でやらなきゃならない。だから、一回見たら、あとはシナリオだけでやります。そのほうが早いんです。最後はもう一度ビデオを見てチェックしますけど。

たけし　昔はビデオもないから、大変だったでしょう。

戸田　ええ、ですから、清水先生とか先輩たちは神業だと思います。私は、ビデオがこれほど普及する前は、試写室でカセットテープに音をとって、少なくとも音は聞き返しました。そうすると、ニュアンスが分かるから。怒っているとか、嬉しそうとか分かるけれど、昔の人はそれすらなかったわけでしょう。試写に行って、一回見ただけで、それで全部やったんです。

たけし　時には「ああ、もう面倒くさい」って、適当に字幕つけちゃったこともあったりして（笑）。

戸田　昔は、何かそういうアル中めいた方もいらっしゃいました（笑）。今は、英語やフランス語だと分かる方が大勢いらっしゃるので、適当なことはできない。でも、スウェーデン語なんていうのはね……。

たけし　分かる人は、ほとんどいないでしょうね（笑）。

戸田　でも、今はやりにくいですよ。どんな言語でも分かる方が増えたものですから、インチキはできない。もちろん、誤訳はいけませんよ。

しかし、正確な訳がいいのかどうかは難しいところです。『カサブランカ』で有名な「君の瞳《ひとみ》に乾杯！」というセリフがあるでしょう。あれはとても名訳とされているし、確かに格好いいセリフですよね。しかし、原文は「Here's looking at you, kid」と言っているだけ。「kid」という言葉はとても翻訳できないですけど、直訳すれば「君を見ながら」。それでは字幕としてのめり張りがなくて面白くないわけ。元のセリフではどこにも「瞳」なんて言っていない。でもドラマチックでよい字幕も原文と違ったら、今だったら多分クレームが来ると思うんです。そうすると、「君の瞳に乾杯！」っていう素敵なセリフはつくれない。今は、あまりにもチェックが入って、やりにくいっていうことはあります。

たけし　『座頭市《ざとういち》』だったら困るよな。「君の瞳に乾杯！」って言われても、見えるかって（笑）。

戸田　英語の勉強をしているんじゃないんだから、ドラマ全体を楽しんでいただくことが最優先。それが一番重要なことなわけね。そうしたことをわかっていただけないと、よい字幕は生まれません。

方言は字幕ではあらわせない

たけし　字幕のすごさって、字幕を意識しないで、映画をわかっているような気にさせるところですよね。
戸田　例えば、トム・クルーズが自分で喋っていたように思うでしょう。そのすり替えができれば、とてもいい字幕なんですね。下手くそだと、観客が「えっ」と字幕を意識しちゃう。そうすると、そこで映画を見る感覚がそがれるわけね。映画を見終わって、字を読んだという意識が一切残ってないというのが、いい字幕なんじゃないかなと思いますね。
たけし　画面に出る字幕の文字数は、一回十字×二行ぐらいでしたっけ？
戸田　最近は、横長の画面が多いので、一回二十五字ぐらい入りますが、人間が読むスピードは別に速くなっていませんから、フィルムの秒数にあわせて一秒間に三から四文字。それが一番の基本です。
たけし　短い字数のなかで適切な日本語を選んで表現しないといけないというと何か俳句みたいな感じがしますね。

戸田　よくそう言われるのですが、俳句も五・七・五に縛られるから似ているんじゃないかと。でも、和歌とか俳句は完全にポエティックな世界なんですよ。映画の字幕は、別にポエティックじゃなくてもいい。誰が、どこで何しているかというインフォメーションなんです。俳句ではなくて、強《し》いて言えばコピーライティングかなと思うんです。あれは、商品について、あるインフォメーションを伝えると同時に、短くなきゃいけないという意味で近いかな。

たけし　あの字幕の文字は、今も手書きなんですか。

戸田　これも、ここ四年ぐらいで変わってしまいました。字幕の文字を書く職業がなくなっちゃったんです。それまでは手で書いていたわけ。それがあまりにも前近代的だというので、字そのものは、いわゆるフォント（字体）としてコンピューターに取り込んだんです。ですから、あの手書きの文字は字体としては残ったんです。さすがに今は手では書いていません。

たけし　おいらは好きじゃないんだけど、日本の今の若い人たちは、「っていうか～」とか「みたいな～」とか、そういう言葉を使うでしょう。アメリカの映画でも、そういう流行語みたいなセリフが入っていると、翻訳に苦労するでしょう。

戸田　日本の若者たちが使う言葉の中には、すぐに生まれて、すぐ死んでいくようなものがありますよね。しかし、英語では一切ないです。日本では、それこそたけしさんがテレビか何かで、おもしろい言葉を喋ったら、それを日本中津々浦々で見ているから、一瞬にして流行語になってしまう可能性があります。だけど、アメリカは広いし、社会の構造が複雑でしょう。新しい言葉が日本のようにパッと流行して、またパッと死ぬようなことはありません。もちろん言葉は〝生きて〟いますから、だんだんと変わっていきますよ。でも、「チョベリグ」とか一時流行《はや》ったけれど、今は全く誰も言わないというような現象は、日本独自じゃないかと思います。言葉がドンドン変わるので、ビデオやＤＶＤにする時に、やり直しているぐらい。だいたい字幕は十年前後で全部変わっていっています。難しい漢字が読めない人も増えているので、通用しなくなるのです。

たけし　ニューヨークとロスとでは、東京弁と大阪弁の違いと同じように、英語でも発音の違いはあると思うんですよ。それは、字幕では表現できるものなんですかね。

戸田　もちろんニューヨークとロサンゼルスの発音も違うし、それから、イギリスとアメリカでは同じ英語でも全然違います。違いはありますが、その違いは字幕であらわせません。反論させていただければ、日本語でも熊本弁と青森弁は全然違うけれど、その違いがあらわれた英語に翻訳できますかと。それは不可能でしょう？　ニューヨークとロスの発音の違いをあらわすというのも、それと同じです。

例えば、それらしい雰囲気の女性が出てきて、「この人に、京都弁を喋らせよう」と思うじゃないですか。その人のセリフは京都弁で統一しないといけなくなります。「おおきに」とか「なんどすえ」みたいな京都弁にすると、「イエス」というセリフにさえも、「さようでおますな」という字幕をつけないといけない（笑）。そんなことは限られた字幕の中に入りません。「イエス」のところだけ、京都弁の人が「はい」と言ったらおかしいわけです。統一できなくなっちゃう。そうすると、字幕はインフォメーションを与えることに徹したほうがいい。

難しいコメディの翻訳

たけし　確か、ＳＦコメディの『インナースペース』の訳者も、戸田さんでしたっけ？
戸田　ええ、あれは私でした。
たけし　あの映画だったと思うけど、「おまえはイーブル・クニーブルか」というセリフがあるんですよ。イーブル・クニーブルというのは、アメリカのスタントマンで、バイクで空を飛んだりなんかするわけ。それを知らないと、ギャグの意味がわからない。字幕では、どう訳していたんだっけ。すごく苦労したんだろうなと思ったんですよ。確か「マチャアキびっくり」だったような気がする（笑）。

戸田 どう訳したか、私もすっかり忘れてしまいました（笑）。とにかく、そういうのは、とっても難しいですね。

たけし ダジャレの翻訳も困るでしょう。

戸田 そういう時は、「ああ私に、たけしさんみたいなセンスがあればいいのにな」と思うんですけど。

たけし 日本でダジャレの傑作があって、チャウチャウ犬を大阪のコメディアンがネタにする。「この犬、チャウチャウチャウとちゃう？」「チャウチャウチャウちゃう？」「チャウチャウちゃう」って延々と続く（笑）。アメリカのコントでもそれに似たのがあって、「一塁手は誰？」というギャグ。一塁手（First）にフー（Who）という奴《やつ》がいて、「Who's on First?」と聞かれて、「Who」と答えて、また質問される。それを延々と続ける（笑）。そんな時はどうするんですか。

戸田 そのセリフは有名なのね。そのジョークが出てきた映画を翻訳したことがあります。そういう時は、字幕の中で、「誰」って訳して、「フー」とルビを振ってしまう。

日本語じゃ置きかえられないから。ルビ振っても、お客さん笑わないですよ。笑うって理屈じゃなくて、瞬間に耳で聞いて笑うわけでしょう。でも、しょうがありません。一〇〇パーセント意味を通じさせるように訳し切ることはできませんもの。ルビは気休めで入れているようなものです。そういう意味で、スラップスティックコメディではなくて、セリフで笑わせるコメディに字幕を付けるのが、断トツに難しいです。

たけし　ウォルター・マッソーなんかも難しいですか。

戸田　難しいですねえ。あの人はセリフで笑わせる他に、喋《しゃべ》り方が面白いでしょう。そこはもうお芝居を見て、イントネーションを聞いてもらう他ないです。

たけし　大河内伝次郎のセリフに英語の字幕をつけるようなものか（笑）。大河内さんが「馬鹿《ばか》やろう」って言った時の、あのイントネーションや面白さは、伝えようがない。あと、字幕だとどうしても限界があって、例えば、背景の絵や看板の意味がわかって初めてセリフがギャグになっているということがあったりすると、そこに矢印をつけたくなりませんか。

戸田　それ、ほんとにやりたい。時々、矢印つけたいです。

たけし　この後ろの看板がいかに面白いかということが大切だったりするんだけど、それは説明していられないですよね。

戸田　さっきのジョークなんかでも、向こうの人しか分からない裏の意味や、知識がないと分からないものは、やっぱり字幕に時々、注を入れたくなります。でも、本と違って、映画の場合はそんなことは不可能なので、もう分かる方にしか分からないのだと割り切るしかありません。

たけし　例えば、日本の漫才でボケが「俺、宙に浮いちゃったよ」って言って、ツッコミが「おまえは麻原彰晃か」って言っても、英語圏の人は麻原を知らないから笑えない。「この人はオウム真理教の教祖で空中浮揚をやって、サリンガスで……」と英語で注をつけても、おかしくも何ともない。

戸田　そうした固有名詞はほんとに困りますね。他にも、日本にない薬だと、薬の名一つでも困るわけですよ。それが頭痛薬か胃腸薬かで、ストーリーが全然違ってきてしまう。もちろん、調べなければならない。そういうつまんないことなんですけど、映画は非常にディテールが大切で、気になりだしたら切りがないですね。

日本語の崩壊

たけし　最近、アメリカ映画では、わりに下品な言葉が多いじゃないですか。ああいうのは、困りませんか。

戸田　四文字語ですよね。あらゆる言葉の頭や語尾に、「ファック」を付けたりとかね。ああいうのは、日本語にそもそもないでしょ。そういう時も、たけしさんから最新の汚い言葉を教えていただきたい（笑）。だって、訳そうにも、日本語には「馬鹿やろう」とか、「くそー」とか、その辺しかないんですよ。日本で喧嘩《けんか》している人の側《そば》によって聞き耳を立ててみると、やっぱり言っているのは「くそやろう」とか「このやろう」とか。

たけし　そんなところで研究をしているんだ（笑）。

戸田　そう。何か仰天するようなこと言ってくれるかなと思って（笑）。

たけし　ロスで黒人同士が車でぶつかって、警察が来るまで十五分間、言い争った。その間、「ファック」しか言わなかったって。それ以外の言葉は聞こえなかったというんです（笑）。

戸田　多分、そうでしょうね。だから、「ファック」は、日本語の「馬鹿」「クソヤロー」と同じ感覚なんですよ。だけど、「馬鹿」と訳すのでは違うとか、いろいろうるさく言う人がいたりします。確かに、そうなんですけど。「マザー・ファッカー」なんていう、ああした発想は日本にないじゃないですか。

たけし　「おまえの母ちゃん出べそ」じゃしょうがない（笑）。

戸田　かわいいのよ、日本人の言うことは。

たけし　「あんぽんたん」とかさ。

戸田　それもかわいい（笑）。で、日本人が、一応、悪い言葉は何かといったら、例えば「馬鹿」と。それを英語に訳せば、「stupid」でしょ。向こうの幼稚園の子だって、「stupid」なんて言って、喧嘩はしませんよ。日本人は、いわゆる人種間の争いで生きてきた国民じゃないから、美徳とされてきた点でもあるけれど、和の精神で「なあなあ」のほうを選んでしまう。だから、ののしりの言葉がないのね。あちらは、もうほんとに民族同士が角突き合わせてやっているから、その分ユーモアで緩和しなければいけない部分も増える一方で、本当ののの しり言葉も増えるじゃないですか。

たけし　文化によって、ボキャブラリーが豊かなところとプアなところが全然違うんです。

たけし　日本で面白いのは下町あたりでよく使ったけど、安くしてほしい時に、「勉強してくれ」って。

戸田　負けてくれという意味ですよね。

たけし　それで「ちょっと勉強してくれない？」って。あれはどういう意味なのか不思議に思うんだけど。経済をよく勉強して、仕入れから販売価格も勉強して安くしろってことか（笑）。字幕でも「勉強してくれ」って使ったことありますか。

戸田　字幕でやったという記憶は定かではありませんけど、この頃の若い子は言葉を知らないでしょう。そうすると、宣伝部がすぐ飛んできて、「これ、今は通じません」って言ってくるんです。「勉強してくれ」なんて言葉が出てきたら、多分、ほんとに勉強することだと思っちゃう。この間だって、馬の映画がございまして、「飼い葉をやって」と訳したら、「飼い葉」が分からないと言われたんです。それで、「馬のえさ」にしてくださいと言われるの。

たけし　日本語の崩壊というのはものすごいね。

戸田　ガク然とします。

たけし　アメリカでは外国映画に字幕をつけないのは、あれは文字が読めない人も大分いるからでしょう？

戸田　日本は識字率が高いので、我々の職業があるんです。アメリカでは映画は全て《すべ》英語。ハリウッド映画でも、ナチの将校同士が、英語で喋っているとか（笑）。とんでもないインチキです。最近、やっと変わってきて、『ラストサムライ』でも、ちゃんと日本語でやっていたでしょう。英語以外の言語を取り入れて字幕を使いだした最初は、ケビン・コスナーかな。『ダンス・ウィズ・ウルブズ』の時に、彼の演じる主人公がインディアンの村に入って、異文化の中で生活しているうちに、最後は全部インディアンの言葉を喋る。そこは全部、字幕にしたわけ。ケビン・コスナーがあれをやろうとした時には、「字幕の入った映画にお客が来るわけない」と、みんなから大反対された。あの映画の三分の一ぐらいは字幕だったんです。それはアメリカ映画としてはもう画期的だった。でも、彼は「全部英語にすると嘘《うそ》になる」「ドラマが成立しない」と、字幕を入れることにした。それでも成功したわけ。それから、誰も彼も英語を喋るというインチキが少なくなりましたね。

たけし　日本人だと、吹替えよりも、断然字幕のほうがいいと思っている人が多いでしょう。

戸田　やっぱり向こうには識字率の問題なんかがあるので、みんな字を読むのを嫌がる。ですから、すべてアテレコ。でも、「日本だけが識字率が高いので、字幕を好むのよ」といつもそう答えてきたのですが、それも変わってきたように思いますね。昔から、日本でも吹替え版がありましたけれど、劇場で吹替え版をやっていたのはディズニーのアニメだけでしたよ。ところが、今は劇場でも、『ロード・オブ・ザ・リング』とか『ハリー・ポッター』とか、若年層をも対象にした映画は、字幕版と吹替え版、全部両方やるようになったでしょう。この傾向も、ほんの三年ぐらいで、あっと言う間に変わりました。若い人が字幕離れ、つまり活字離れしているということです。ビデオ屋に行けば、もちろん両方あって、若い子は吹替え版を借りていくわけでしょう。「日本人は字幕が好き」という文化は、崩れつつあります。

たけし　他の国は、いつも吹替えなんですか。

戸田　もう全部です。アメリカもヨーロッパも。

たけし　イタリアだっけかな、アル・パチーノとロバート・デ・ニーロが共演している『ヒート』で、困ったことが起きた。アル・パチーノもデ・ニーロも同じ人が声優をやっていたんです。結局、その人はデ・ニーロをやって、アル・パチーノは違う人がやったという。

戸田　ドイツもそうなんですね。ドイツの一番有名な声優というのは、目ぼしい俳優を全部やって、ポール・ニューマンからロバート・レッドフォード、それこそショーン・コネリーも。どんな映画を見ても、声が同じなんて嫌じゃないですか。そんなとは、ドイツでは平気なのね。

たけし　有名な男優ならば全部、若山弦蔵さんが吹替えしているみたいなものだ。

戸田　そういう感じですよ。でも、お客さんがそれで構わないわけでしょう。その辺の心理はは かりかねますけどね。

映画の監督ほど面白い職業はない

たけし　おいらが字幕が付いている洋画を最初に見たのは、いつだっけかな。兄貴と一緒に上野の映画館にイタリア映画の『鉄道員』を見に行ったのが最初だと思うんだけど、暗い映画だったな。あと間違えて、スウェーデン映画の『処女の泉』に行っちゃったね。エロ映画だと思ったら、何か全然意味が分からなくて、難解な映画だった……。

戸田　それは、とんでもなかったですね（笑）。イングマール・ベルイマン監督の映画でも、特に『処女の泉』は難解な映画ですから。

たけし　あれは極端だけど、最近はタイトルに工夫がないですね。

戸田　嫌ですねえ。

たけし　英語をそのまま片仮名読みしたのが増えた。『ワンス・アポン・ア・タイム・イン・アメリカ』とか。

戸田　あれが一番の元凶なんです。あの映画が、ただ片仮名で表記してタイトルとして置いちゃった一番最初だと思います。

たけし　誤訳のタイトルがついていることってあるんですか。

戸田　タイトルは、字幕屋は一切ノータッチなんですね。でも、面白い話があって、007ジェームズ・ボンドの第一作は『Dr.NO』（ドクター・ノオ）でしょう。映画会社に、ある日突然、この映画のタイトルが入ってきた時に、「一体何だ、この『Dr.NO』」って驚いて、多分『医者はいない』という意味だろうと（笑）。

たけし　それを全部カタカナにして『イシャハイナイ』って題名にしたら、もう何だか分からない（笑）。

戸田　結局、内容を見て、殺し屋の話だと分かり、『007は殺しの番号』というタイトルで公開したのだけど、最近は『ドクター・ノオ』になっています。やっぱりタイトルってとても重要じゃないですか。タイトルを見て、「これ、面白そう」という判断になりますよね。それが英語を片仮名読みしただけではね。

たけし　アダルトビデオのタイトルやファッションヘルスの店の名前を少しは参考にして欲しいね。アダルトビデオだったら、『放尿だよ、おっかさん』とか、お店だったら『抜け袋パルコ』とか、くだらないけれど工夫している（笑）。タイトルをつけている人たちも、必死になって考えている。

戸田　そう、必死ですよ。それで、映倫なんか行くと、映倫って、何かしかつめらしい、それらしいオジ様たちが、そういうアダルト系の映画のタイトルでも、『放尿だよ、おっかさん』か……」と、まじめな顔して審査しているんですよ（笑）。それは仕事だから、平然とそういうことを言っているんですが、そばで聞いているとほんとに面白いですよ。洋画の宣伝部も、ああいう題名のセンスを少し見習うべきですね。

たけし　字幕で映倫にひっかかることはあるんですか。

戸田　もちろんですよ。字幕ですから「見えた、見えない」じゃなくて（笑）、差別語の問題。あるいは表現があまりにもエロ過ぎるとか言われて、チェックが入るんです。

たけし　『座頭市』なんか、「どめくら」ばっかりを連発していたからね。でも、あれは大丈夫でした。

戸田　あれはテレビでは放映できないんでしょ。

たけし　テレビではできない。

戸田　映画の字幕そのものは、テレビや活字媒体より規制は柔らかいんですが、それでも、難しいところはありますね。ビデオやDVDなんかでも、公開時と違った字幕を入れることがあります。差別的なことが、映画よりも全然厳しいわけですよ。例えばビデオなんか、「時計が狂う」がいけないんですよ。

たけし　えっ!?　「狂う」だから？

戸田　信じられないでしょう。「狂う」っていう字そのものがいけないの。これは規制されているわけではなくて、自主規制。制作会社がびびってるわけです。「狂う」っていう字がいけないから、「時計が狂う」もいけない。そういう時は、「時計が壊れている」に直したりすることがあるわけです。

ところで、たけしさんは、監督としても活躍されていますけれど、私は世の中で、映画の監督という職業が一番面白いと思います。一度やったら、やめられないでしょ(笑)。何か言えば、みんなが「は、はーっ」とやってくれるわけだから。

たけし　でも、撮っている映画が上手《うま》くいっているか、いってないかは、スタッフの感じでわかるんですよ。ラッシュを見るでしょう。最初のラッシュの時に、「あれーっ」て思うような出来だと、みんなも「あれーっ」という感じで、そーっとラッシュの現場からいなくなる(笑)。いい時は、いつまでもおいらの側にいて、「ああだ、こうだ」となる。

戸田　編集でまた随分と変わるでしょう。

たけし　おいら、編集は上手いですよ。編集の時に、ストーリー変えてしまいますからね。たった一日のことを三日分にしちゃったり。そうじゃないと、映画はもたないことがある。

戸田 そこが本物の監督だと思うんですね。アメリカの監督ってすごいんですよ。だって、自分で撮ったら、あとは一切タッチしなかったりします。編集は丸投げ。撮影現場を見に行くと、ロング撮って、ミディアム撮って、クローズアップ撮って、こっちから撮って、向こうから撮って、全部撮り方が決まっていて、それで一応ワンシーンを撮ったら終わり。それだけなのよ。そんなら、私でもできるわって（笑）。それで、編集を丸投げしちゃったら、監督は一体何なんだという。

たけし カメラワークもカメラマンがやっちゃうし、監督は時計見て、時間だけ計算して。あと撮影が延びたら保険会社がうるさいとか、そんなことを気にしている（笑）。

字幕の将来は？

戸田 もちろん、そうでない監督も一杯いますよ。でも、ハリウッドの大スタジオに雇われている監督にはそういう人もいて、私も最初それを見た時は、ビックリしてしまいました。だから、優秀な編集マンがついていれば、安心できる。その代わり、どうストーリーを変えられちゃうか分からないけれど。

たけし　字幕にうるさい監督というのは、いるんですか。

戸田　スタンリー・キューブリック監督は、字幕に限らず、全てに完璧《かんぺき》主義者でしたね。日本の印刷会社を信用しないんです。ポスターも、日本の印刷会社は駄目だと言って、イギリスで全部刷らせた。そこまでやるわけです。自分の目の届くところでやらせないと気が済まない人でした。だから、ポスターもデザインから色指定まで、全世界分、全部自分でやるんです。

たけし　それは、すごいね。

戸田　すごいでしょう。ですから、もちろん字幕も果たして正しいかどうか逆翻訳しろって言うのです。逆翻訳しても、絶対に元の英語には戻りっこないわけです。それが、なぜかあの天才には分からないわけ。フランス語と英語のように構造が似ている言語ならば、逆翻訳する意味も分かるけれど、日本語の場合、全く違うわけですよ。絶対に元に戻りっこない。

たけし　それが分かってくれないわけだ。

戸田　直接お話しできれば、いろいろ説明できるけど、そういう機会があるわけじゃないから……。キューブリック監督の映画の字幕をつけていて、一方的に駄目だと言われてしまったことがありました。それはかなり昔のことですが、あれだけうるさい人は、幸か不幸か、いらっしゃらなくなって（笑）。

でも、字幕、字幕と申しますけど、これが果たして、あとどれぐらい続くかというと分からない。映画界もすごく変わっているでしょう。上映形態だって、今みたいな映画館で映画見るなんていうことは、多分なくなりますよね。フィルムが、そもそもなくなる運命にあるわけじゃないですか。向こうから衛星で電波が飛んできて、直接自宅で受像できる。

たけし　衛星で飛ばして、そのまま家で見られる。そういう機能をもった装置もどんどん出てくるだろうね。

戸田　お金持ちだったら、ある程度大きなスクリーンを自宅に用意すれば、それで新作映画を見られる。それに、今のＤＶＤは何語でも選べる。フランス語、英語、日本語の字幕から音声、何でもね。映画界そのものがハイテクでどんどん変わっていくから、我々の仕事も、どんどん変わっていってしまうような気はします。

たけし　字幕の後継者の育成は、どうなんですか。

戸田　日本では、劇場の映画に関しては、字幕翻訳者は二十人ほどいたら十分なんです。二十人以上いたら仕事は来ないです。だって、年間四百本ぐらいしか日本に入ってこない。それを一人何十本かやれば、すぐこなせちゃうわけでしょう。本当にパイの小さい、一握りの世界です。なりたいという希望者は多いんですよ。でも、私もずっとパイ食べられなくて……。

たけし　その二十人を仕切っているのが、戸田奈津子事務所なわけだね（笑）。

戸田　だから、事務所ではないって言ったでしょう（笑）。

たけし　表向きはともかく、映画翻訳の裏の総元締め（笑）。一回は、私を通さないと許さないっていう。

戸田　そんなあこぎなことはしておりませんって（笑）。

洋画の字幕と言えば、全部戸田さんってイメージだったから、実際に話せてホントに面白かった。字幕の作業って完全に職人芸なんだけど、英語と日本語なんてそれぞれ文化も違うんだからどうしても訳せないものがあるのに、戸田さんは見事に訳す。英語社会より日本語社会の方が感受性は豊かだから、一つの英語に対して、たくさんの日本語訳が存在するのに、字数制限がある中、強引にこじつけちゃう。ただ、ギャグだけはうまくいってないね。英語よりもギャグセンスの方が重要なんだろうな。だ

ったら、今度おいらがコメディ映画の字幕に挑戦してみようかな。本物の映画と全然違う内容になっちゃうだろうけど（笑）。㋟

数学の達人　藤原正彦

お茶の水女子大学教授

数学者は美しいのがお好き

ふじわら・まさひこ
昭和18年旧満州新京生まれ。コロラド大学助教授を経て、昭和51年お茶の水女子大学助教授、平成元年より現職。エッセイの名手でもある。『国家の品格』など著書多数。

日本人は昔から数学が好き

たけし　おいら中学ぐらいまではやたら数学は点数がよかったんです。それで今回、対談するに当たって、中学校の数学の問題集を買ってきて、予習してきたんですよ（笑）。問題を解いているうちに、変なことをやり出した。1、3、5、7、9、……と奇数を足していくと、その和は必ず2乗になっていくでしょう。1と3を足したら4で、2の2乗、1、3、5だと9になって、3の2乗になる……。面白いなって。

藤原　すごい発見しましたね（笑）。

たけし　そうすると、1から111の奇数の和は、111に1を足して2で割って、それを2乗すればいいんだなとわかる。次にまたバカなことを考えて、1からnまでの整数の和が、$\frac{1}{2}\times n\times(n+1)$ だから、偶数だけの和を出すには、そこから奇数の和を計算して引いたらいいとか、そんなことばかりを考え出すと、頭の中がグチャグチャになってしまうんですよ。

藤原　結構大変なことをしていますね（笑）。2、4、6、……100の和なら、1から50までの和を2倍すればよいのですが。たけしさん、昔は数学には相当自信があったのでしょう。

たけし　サイン、コサインあたりでわからなくなった（笑）。自分で独自に円周率を出そうとして、こんなこともやっていたんですよ。円の中に内接する6角形を書いて、これだと円周率は3になってしまう。そこから、12角形、24角形と出していって、円周率を出そうと思ったのだけど……。

藤原　でも、その出し方は正解なんですよ。江戸の元禄《げんろく》時代に数学の天才で関孝和《せきたかかず》という人がいて、部分的には西洋と同レベルの数学をやっていました。この人は、今たけしさんが言ったのと同じことをやったんです。円の中に4角形、8角形、16角形、32角形とどんどん増やしていって、円の外からも同じことをやって、円周率を12桁《けた》まで出したんです。

たけし　何も知らないで、算数だけを使って円周率を出そうと挑戦してみたら、結構面白かった。

藤原　日々の現実のことを忘れられますしね（笑）。

たけし　ここ二、三週間、そんなことばっかりやって、算数や数学で遊んでいた（笑）。今朝のニュースを見ていたら、小学校の先生が子供に残酷な問題を出したっていう。〈7人で銀行強盗して、お札の束を等分に分けたら2つ足りない。そこで仲間を2人殺して分けたら、今度も2つ足りない。また2人殺したが2つ足りない。札束は幾つでしょう〉という問題。テレビ見ながら、「答えは１０３束だ」とか言っていたんですよ。条件を満たす最小の数が１０３束なんです。キャスターが「ひどい問題を出しますよ」と言うのはいいんだけど、「自分で解いてみろ」って（笑）。

藤原　なるほど、そうですよね（笑）。たけしさんは数学がお好きなようだけど、そもそも日本人は数学が好きなんです。フランシスコ・ザビエルとか宣教師が、戦国時代から安土桃山時代にかけて来ましたよね。中国に行った宣教師は「中国人は暦が好きだ」って言っているんです。だから、中国には暦を知っている人が送られた。ザビエルたちは「日本人は大名から庶民まで数学が好きだ」と言っています。だから、数学を知っている宣教師を日本に送れという手紙をローマのイエズス会本部に書いているんです。暦は実用的ですが、数学には美しさがあるんですね。日本人はそれで魅《ひ》かれたのだと私は思っています。芸術的なものに日本人は敏感なんです。だから、あらゆる学芸のなかで、日本のお家芸というのは第一が文学、第二が数学なんです。

たけし　ザビエルが来た時に、日本人が興味を持っていた数学というのは、どんなものですか。

藤原　平方根や立方根を求めたり、ユークリッド幾何の初歩などと言われています。

日本人はあっという間にそれを吸収して、十七世紀、元禄時代には独力で数学をつくってしまった。例えばたけしさんが大学一年生のときにやったかどうかわかりませんが、行列式って覚えています？

たけし ええ。

藤原 あれは日本人の発明なんですよ。ヨーロッパの人は、ライプニッツという大数学者が発見したと思っているんです。しかし、ライプニッツの十年前に関孝和がやっているんですね。そういう高度な数学をどんどん発見していました。十八世紀になって、ヨーロッパから少しずつ出島を通してオランダの人が向こうの数学を持ってくるんです。ところが、和算の専門家は「こんなものレベルが低過ぎる」って相手にしないんですね。それほど十八世紀初め頃まで日本の数学レベルは高かったんです。

たけし 確かに数式とか方程式には美しさを感じますが、関孝和の頃は漢字で数式を書いていたわけですか。

藤原 漢字だから、見た目にはそんなに美しくないけど、理論自身が美しいんです。関孝和が子供の頃やっていたのは、それこそ足し算、引き算、掛け算、割り算、分数、小数とその応用ぐらいのものなんです。ところが、彼は、X、Yの代わりに甲とか乙とかの文字を使って、独自に代数をつくってしまった。ヨーロッパでもこのような理論は、それより数十年前に生まれたばかりなのに、関孝和は代数や連立方程式論を独力でつくりあげてしまう。四則の計算から代数が発見されるまでに、ヨーロッパでは千年以上もかかっているのですから、恐ろしい天才ですよ。

初公開、たけし流映画の「因数分解」

たけし　ノーベル数学賞があったら、日本人はもらっていて当然かもしれませんね。

藤原　先年、毎年ノーベル賞候補になっている学者と対談したんですが、開口一番、「数学にノーベル賞があったら、日本人は二十人以上固いらしいですね」と仰《おっしゃ》っていました。それは本当なんですよ。日本人の数学の独創性はものすごい。ノーベル数学賞がないのは、ノーベルとミッタク・レフラーという数学者が、美人数学者のソーニャ・コワレフスカヤを取り合ったことが原因という噂《うわさ》があります。数学賞をつくったら、憎き恋敵のミッタク・レフラーが取りそうだったから、つくらなかったと（笑）。世界で一番権威ある数学の賞は、フィールズ賞で四年に一度です。日本人の受賞者は、小平邦彦《こだいらくにひこ》、広中平祐《ひろなかへいすけ》、森重文《もりしげふみ》と三人います。他にも同程度に偉い人が何人かいます。数学は日本のお家芸ですよ。

たけし　だって、大工さんの使っている鯨尺なんてすごい。あれ一個でルートまで出せるわけだから。

藤原　法隆寺でしたか、屋根の曲線を誰かが調べたらサイクロイド曲線というものだったんです。その曲線はニュートンが発見したのですが、鉄のボールをA点からB点まで坂に沿って転がすとき、素人《しろうと》は真《ま》っ直《す》ぐな坂にしたら一番早くボールがB点に来ると思いますよね。ところが、そうではなくて、このサイクロイド曲線という曲がり方を持った坂が一番なのです。お寺の屋根がそうなっているというのは、雨水が最も短時間で外に出ちゃうようにつくってあるわけです。すごいんですよ。

たけし　しかし、日本では森羅万象全《すべ》てのことが数学で証明されるような形では発展しませんでしたよね。

藤原　結局は日本の和算というのは、十八世紀初めまでは世界的だったんだけど、それ以後あんまり進歩しないんです。なぜかというと、自然科学と結びつかなかったからです。一方、関孝和と同時代のイギリスのニュートンはものすごい先入観を持っていました。神様がこの宇宙をつくった。神様がつくったものだから、非常に美しくできているはずだ。そして、宇宙というのは数学の言葉で書かれた聖書だ。こういう偏見、先入観があったから、宇宙を解明するために数学を使うということに極めて熱心だったのです。日本の和算の人は、それを芸術あるいは芸事としてやっていましたから、自然現象の解明には決して結びつきませんでした。ヨーロッパでは自然とつながったから、十八世紀中頃くらいから日本はどんどん引き離されていってしまった。だから、キリスト教の勝利というか、偏見の勝利なんですね。日本人は神様が宇宙をつくったなんて誰も思いませんからね（笑）。

たけし　映画の編集をしていると、面白いことを編集マンから言われるんです。「たけしさんはフィルムをカッティングするときに、1秒、3秒、5秒と奇数しか言わない」って（笑）。それで、屁《へ》理《り》屈《くつ》をつけた。「奇数を足していったら2乗になるんだからいいんだよ」って。それに不思議なんですけど、1から5まで足すと15、1から6まで足すと21。例えば、15秒のシーンの後には、21秒をつけて36秒にすると、意外にいい。足して2乗になるように編集すると納まりがいいんです。

藤原　おもしろい発見ですね。

たけし　他にも、「映画における因数分解」とか言っているんです。aという殺し屋がxとyとzを殺すという話を数式にすると、ax+ay+azという式で表せる。この場合は、映像的にはaがxを拳銃《けんじゅう》で撃つと、次のシーンではaがyを撃って、また次にはaがzを撃つ。近代映画における因数分解は、aが拳銃を持って、ただ歩くだけ。

次のシーンで、x、y、zの死体を順番に見せる。それでaが3人を殺したってわかる。つまり、a(x+y+z)となるわけ。それが因数分解的な映画表現。

藤原 そういう話を聞くと、日本人の独創性ってすごいと思うんですよ。よく学者や評論家で、日本人は猿まねだとか、独創性がないとか言う人がいますけど、そういう人に独創性がないのはわかるけど、日本人は民族的には独創的なんです。残念なことに小学校時代に数学が好きでも、中学高校になると嫌いになってしまう人が多い。受験勉強になると、問題の解法を暗記して早く解けということになるからです。そうすると、新しいことを考えたり、じっくり考えたりするのが好きな人は数学が嫌になってしまうんですよ。だけど、お笑いの人というのは、独創性が非常に高いでしょう。というのは、一見関係のないもの同士を結びつけて笑いを生み出す。数学の発見も、ほとんどアナロジー(類推)とか連想から生み出されます。芸人さんも、アナロジーや連想によって突拍子もないものを結びつけて、笑いを呼ぶ。だから、すごい才能だと思います。

九九も、インドには負けた!

たけし　おいらも受験数学はすぐ忘れちゃったね。最近の塾で子供たちに教えているのは、こういう問題が出たら、何も考えずにこういう公式を使いなさいと、記憶力と反射神経だけで解くやり方なんですよ。これでは発想する力が育たないと思う。

藤原　私の息子の通った塾なんてすごいです。数列の漸化式問題の解き方は八種類しかないというので、それを全部覚えさせて「頭から順に試していけ、それで必ずできる」と教える。本当に反射神経的にやれば簡単にできてしまうんですよ。ところが、大学の先生が自分たちのつくった入試問題を同僚に解かせると、結構、解けないんです(笑)。でも、東大の理Ⅲに入るような生徒は、それを瞬時に解いてしまう。数列だったら、「八種類のうちのどれかな。あっ、これだ」ってサササッと解く。しかし、一番重要なのはそんな解き方を知っていることではなくて、いろいろ問題をひねくったりして考えて、考える喜びや、一生懸命考えた後で発見したときの喜びを得ることでしょう。

たけし　意味もわからずに、解き方を当てはめていって解答できても、そんなにうれしくないですよね。

藤原　そうですよ。東大理Ⅲに合格したばかりの人間を十人集めて、世界のトップの天才数学者十人と、どちらが入試問題の数学を正しく早く解けるか競争させたら、恐らく数学者はボロ負けです（笑）。この間、ドイツのボン大学の教授が来て、東大で講演しているのを聞きにいったら、7足す6は15なんて板書している。大学院生が「先生、そこ違うんじゃないでしょうか」と言ったら、「ああ、そうか」って（笑）。

たけし 日本人は数学が得意という話ですが、国民のほとんどが九九を言えるような国も珍しいわけでしょう。

藤原 九九のおかげで、日本の算数レベルは世界一だった。九九は奈良時代からなんです。ところが、インドに行って負けたと思いました。多くの州で19掛ける19まで、歌のようにして覚えているんです。インドは貧乏な国で、五歳未満の子が年間三百万人餓死する国なのに、例えばコンピューターのソフトウエア技術の開発は世界でもトップクラスになっている。それは、19掛ける19まで覚えているおかげでもあると思うんです。だから、九九を覚えるとか、足し算、引き算、掛け算を繰り返し練習することが、独創性に関係あるみたいです。最近、東北大学の川島隆太先生がそれを示唆《しさ》するデータを出していますね。

たけし ヤクザだって、結局、出世するのはみんな計算できる奴《やつ》らしいです（笑）。例えば、博打場《ばくちば》でも、誰がどこにかけて、全部で幾らになっているかパッと計算して、「はい、勝負」とできないといけないみたいです。

藤原　私がアメリカの大学で教えていたときのことです。大学一年生なんですが、いくら教えても理解できないんです。学生を呼んで、よくよく聞いてみると、2分の1足す3分の1ができなかった。分母の2と3を足して5、分子の1と1を足して2とやって、5分の2と計算してしまう。それがまたかわいい、長い金髪のマーシャという子だったのですが（笑）。彼女に限らず、欧米人は計算が下手。日本人は本当に計算がよくできますよ。

たけし　日本人も数学の力が落ちていると言われますよね。

藤原　それは確実に落ちていますね。現在の学生と十年前の学生も違うし、十年前の学生と二十年前の学生とでも全然違いますから。日本人のレベルも、私が二十数年前に教えていたアメリカのレベルににじりよっています（笑）。数学に限らず、アメリカ人はあまりに何も知らないから、何でこいつらに戦争で負けたのかと思いましたよ。英語もきちんと書けませんから、日本人の私が彼らのレポートの英語を添削していました（笑）。ところが、今、日本の学生は国語ができなくなっているでしょう。数学もできなくなっていますから、これはまずいですよ。今、小学校から英語だとか、パソコンだとかを教えていますが、本当に国を売るようなことをやっています。これで子供たちの学力がますます下がっていきますね。あんなこと一切せずに、漢字を覚えて、九九をやっていればいいんですよ。

たけし　大切なのは、読み書きそろばんとか、意外にシンプルなことかもしれないんですよね。

藤原　それに、数学をやる上で一番重要なのは、やはり美的感受性なんです。知能指数や偏差値はあまり関係ない。日本が文学と数学ですごいというのは、美的感受性が世界で飛び抜けていいからだと思うんです。例えば、「もののあはれ」とか、ああいう考え方は世界に恐らくない。あっても日本ほど鋭くない。そういう感性があるから、文学と数学はすごい。

たけし　理系、文系なんて関係ないわけですね。

藤原　大切なのは美的感受性。一昨年だったか、日本癌《がん》学会の総会でそのことを特別講演で話したら、講演後、がんの研究者の方たちが寄ってきて、「私たちの分野でも同じだ」と言うんです。次に土木学会でも同じような講演をしたら、そこでも「私たちも同じだ」と言うから、自然科学ではどの分野にしても、美的感受性が最も重要だと今では確信しています。たけしさんは絵も描けるし、美的感受性が強いほうじゃないですか。

たけし　そんなに考えているわけじゃないんだけど、写真を撮ったりなんかして、後でフィルムを現像して見たりすると、我ながら意外にいい配置になっているなと思う（笑）。

藤原　日本人には、計算しないでも、そういうのが直感的にパッとわかってしまうようなところがあるんですよ。だから、日本に長く住んだ外国人の滞在記なんかを読むと、みんな日本人の美的感受性の鋭さをしばしば指摘しています。例えば、お茶だって、世界中どこへ行ったって、マグカップにいれて、ガブ飲みするだけです。それを日本は茶道にしてしまう。字だって、相手にさえわかれば何をどう書いてもいいのに、日本は書道にしてしまう。花だって華道にしたり、みんな芸術化してしまう。ものすごい美意識ですよ。日本は自然からして、繊細な自然を持っていますから、そういう美意識が育《はぐく》まれるのです。

天才は美しいところからしか生まれない

たけし　数学者は、どういう問題を発見するかっていうセンスも必要とされるんですよね。

藤原　問題を見つけ出すというのが、非常に重要な能力なんです。解くという能力とは全然違います。だから、どんな問題でも読み終わったときにはもう答えがわかってしまうような大秀才でも、よい問題を発見できるとは限らない。そうすると、論文が書けないから、商売上がったりです。もちろん世の中には、これまで世界中の学者が考えてきても解けない有名な問題がある。そういう問題は、天才や秀才が何度も挑戦してダメだったのだから、解くのはたいてい無理。だから、普通の数学者の仕事は、そういう問題ではない問題を見つけ出すこと。しかもやさし過ぎず、難し過ぎない問題。それから、美しさも大切です。大体、美しい定理のほうが価値がある。数学史を見ると、美しい定理や理論ほど後世になって応用価値が出てくる。不思議なものです。

たけし　ルートマイナス1（$\sqrt{-1}$）、つまり2乗してマイナス1になるなんていう虚数みたいなのを考え出されちゃうと、理屈から言えばおかしいことになる。それが理論物理学とかに、強烈な力を発揮して応用できるようになるんですよね。

藤原　数学者が虚数をつくるときには、他の分野のことなんて何にも考えない。ただ、Xの2乗イコールマイナス1（$X^2=-1$）を解きたかっただけですね。数学者が数学をしながら、人類の幸福とか、実用的価値などを考えることはまずない（笑）。美しい数学だけを考えている。ところが、そういう美しい数学がつくられてみると、宇宙論、物理学、化学、生物学、経済学とかに応用されるようになり、結果的に役立っている。不思議ですよ。

たけし　その美しさは、日本人とアメリカ人は感性が違いますけど、数学者はどこの国の人でも同じように感じるのですか。

藤原　醜いか美しいかの感覚は大体一致します。それで、美しい数学だけが残ります。醜いのは自然に消えていってしまうんですよ。数学の美しさというのは、シンプルさというのが一つの重要な判定条件です。不思議ですが、美しいものはみんなシンプルです。複雑なものは美しくない。数年前、理論物理学の素粒子論でトップのエドワード・ウィッテンという人と話したとき、「あなたの理論は正しいんですか」と聞いたら、「五百年たっても実験的には確かめようがないでしょう」と言うんです。「では、何でそんなものを正しいと思っているんですか」と質問したら、「数学的に美しいから、これが間違っているはずがない」と言う。びっくりしましたね。

たけし　美しい数学は見ていて、うっとりする？

藤原　そうですね。天才数学者にはすばらしい美的感性があります。

たけし　先生がご著書で書かれていたインドの天才数学者、シュリニヴァーサ・ラマヌジャンが生まれた場所なんかも、景観が美しくてすごいとか。

藤原　寺院がすごく美しいんですよ。天才というのは、人口に比例して出現しません。

数学の天才が生まれた場所に行くと、必ず美しいものがあります。それに何かにひざまずく心というのが必ずある。美の存在と、何かにひざまずく心と、それから役に立たないものを尊ぶ精神。この三つが天才の誕生には必要です。役に立つものばかりを追うような国からは天才は出てこない。何の役にも立たないような文学とか芸術とか、そういうものを尊ぶ国からしか天才は出ないんです。日本は数学の天才を輩出している国です。

たけし　おいら、最近、数学に目覚めちゃって、またちょっと勉強してみようかなと思っているんですよ。でも、この前まで夢中だったピアノはもうあきらめました。ピアノは、子供のときに触ってないと、そのハンディは一生残る。数学もピアノみたいに、子供の頃からやっていたほうがいいんですか。

藤原　いや、そんなことはないですね。数学は英才教育をする必要はないです。あんまりやるとダメですよ。例えば赤ん坊を私に一人任せてくれれば、五歳までに微分・積分の計算ぐらい簡単にさせますよ。

たけし　えーっ。

藤原　そのことと、後になって数学の能力が伸びるかどうかは全然関係ないですから。先走ったことをするより、例えば幼稚園のときは砂場でトンネルをつくり水を流して遊んだり、友達とつかみ合いの喧嘩《けんか》をしたりしたほうがいい。片よらず普通の生活をしていたほうが情緒が育つように思います。情緒力がないと才能のブレークスルーって起きないんですよ。だから、数学の大天才で、三十年ぐらい前に亡《な》くなった岡潔《おかきよし》先生は、文化勲章をもらったとき、天皇陛下から「数学の研究ってどうやってするんですか」と聞かれて、岡先生は「情緒でいたします」と答えられたんです。陛下は、「あっ、そう」とおっしゃったらしいですが（笑）。

たけし　いい話だな（笑）。

藤原　その後で、新聞記者が「先生がおっしゃった〝情緒〟ってどういうものですか」って質問したら、「野に咲く一輪のスミレを美しいと思う心です」と。多分、新聞記者は答えの意味がわからなかったと思う（笑）。しかし、数学者なら岡先生のおっしゃりたいことがよくわかる。野に咲く一輪のスミレの美しさに感激して、それに愛情を持つ。その気持ちが数学の研究と同じだって言うんですね。

悲観的な人はダメ

たけし　美しいものが身近になかったら、数学者にはなれないんですね。

藤原　ただ、美的感性は生まれつきではなくて、教育で養われますから、景色でなくてもいいんです。何か美の体験があればいい。美しい絵や音楽、美しい文学に触れることもよい。例えばお母さんが夕方、子供を連れてお買い物に行く。西の空が真っ赤に燃えているのを見て「ああ、何て美しい」と立ちどまるとか。

たけし　じゃあ、おいらは失格だな（笑）。おいらが計算にたけていたのは、子供時代に遊んでいて、おふくろが「ご飯だよ」と呼んだときに、パッと飛んでいって、コロッケの枚数とそこにいる人数を数えるんですよ。コロッケが1枚余ると計算したら、先に食べることができたから（笑）。

藤原　コロッケの数を足したり割ったり、その算数自体が美ですから。たけしさんが言ったように、1から奇数だけを足していくとその和はいつも2乗になっているとか、奇跡的な美しさで満たされています。例えば大きな紙に、10センチずつの間隔で平行線を引いて、長さ5センチの針をポーンと投げるとします。その針が落ちたときに、平行線のどれかに触れる確率は「π《パイ》分の1」なんです。３１４万回投げると１００万回ぐらい触れるということです。円とは何にも関係ないのに、円周率が出てくる。そこには神様のたくらみがあるとしか思えません。

たけし　数学者が「あっ、この確率は『π分の1』かもしれない」と思いつくようなときって、世の中すべてのものが数字に見えているんですかね（笑）。

藤原　あんまりそういう感じでもないです。イメージと抽象的な思考が頭の中で行ったり来たりしていますね。抽象だけではなく、必ずイメージがないと、人間は独創が進まないんですよ。どんな抽象的なことでも、必ずイメージを自分自身で持っているんですね。人間は不思議ですよ。

たけし　どんなイメージなんですか。

藤原　幾何的なイメージなどです。

たけし　なるほど、ピタゴラスの定理だって、ピタゴラスが寺院の敷石のモザイクを見て、その柄で思いついたという。そういうものなんでしょうね。

藤原　そういう風に考えると面白いんですよ。数学ができることは必ずしも頭がいいことではないのだけど、今は数学が頭の良さを計る基準みたいになっているでしょう。私なんか数学者をやっていると、頭がいいと勘違いされるので、とてもありがたいんです（笑）。絵だって、音楽だって、スポーツだって、それができることは脳の活動という意味では同じなんですけれど。

たけし　数学者に向いているタイプってありますか。

藤原　数学者に向いている性格は、しつこいことと楽観的なことです。悲観的な人は絶対ダメですね。

たけし　問題を見て、これは解けないと思ったら……。

藤原　ダメダメ。自己分析してしまう人とか、自己猜疑《さいぎ》心《しん》がある人とかは向いていいませんね。というのは、すばらしい研究ほど成果が出るまで、どんな天才であっても挫《ざ》折《せつ》に次ぐ挫折の連続なんです。だから、楽観的に思わないとやっていけない。例えばスタンフォード大学にフィールズ賞をとったある大天才がいるのですが、彼はどんな問題を見せられてもすぐに「オー・イッツ・ソー・イージー《そんなの簡単だね》」と言うんです。それで、たいてい解けないらしいんだけど（笑）。

たけし　よくいるタイプだな（笑）。

藤原　解けなくてもいいんですよ。「オー・イッツ・ソー・イージー」と思わないと、人間は脳みそが働かないんです。難しい問題をパッと出されると、やっぱり萎縮《いしゅく》してしまいます。だから、まず「オー・イッツ・ソー・イージー」で自分を勇気づけるんです。天才でもそれが必要なんです。だから、数学の嫌いな子って、試験問題を配られて見た瞬間、「ああ、これはダメだ」とか思って、能力の三、四割しか出せないんです。

たけし　数学に限らず、人生全《すべ》てそうかもしれませんね。

藤原　楽観的にならないとできないですよ。

たけし　それに数学者は集中力もすごいわけですよね。

藤原　それはすごいですね。カール・ルードヴィッヒ・ジーゲルという世紀の天才は、朝八時から数学を始めて、ちょっとお腹《なか》が減ったなと時計を見たら夜の十二時だった（笑）。そういう人が時々いて、私のようなへっぽこ数学者は三十分考えると、「コーヒー飲みたいな」とかなるんですけれども。よく数学者が若い時代のほうが業績を上げられると言われるのは、体力があって、集中力が持続するからなんです。

たけし　おいらも朝十時から映画の編集を始めて、フィルムをカットしているでしょう。するとスタッフが「たけしさん、お昼、食べません？」って。時計を見るともう夜の八時（笑）。ところで、お隣の中国とかに数学の天才はいないんですか。

藤原　中国人は頭がいいんですよね。ところが、中国では一流数学者は育ちにくい。なぜなら一流の指導者が極めて少ないからです。アメリカに行った人だけが天才として伸びる。ところが、アメリカでフィールズ賞とか取ったら、中国には帰ってこない。だから、数学のレベルは日本の方が中国よりはるかに上だと思います。でも、アメリカにいる中国人はすごいです。いくら数学はインターナショナルなものだといっても、やはり優秀な学者は一定数日本にとどめておかないといけません。指導者がいないと後進が育たないのです。

たけし　やはり、アジアでは日本の独壇場なんだ。それなのに、日本でも算数嫌いな子が増えているというのは悲しいね。

藤原　イギリスなんかでも似たようなことがあるみたいです。社会科の教科書なんて、寝っ転がって、鼻くそをほじりながらでもわかりますから。数学は寝っ転がっていてはわからないですよ。机に向かって、鉛筆を持って、計算したり、眺めたり。幾何だって、補助線をいっぱい引いたり消したりしなければ、わからない。やっぱり忍耐力と我慢力が必要ですよ。子供たちにそれができなくなってしまったんですね。

たけし　社会科では、そうやって問題が解けたときの喜びみたいなものがないだろうね。

藤原　数学の問題が解けたときの喜びっていうのは、本当に他とは違う喜びです。国語の問題で、「紫式部のお母さんの名前は何でしょう」って出されて、それを調べてわかっても、そんなにうれしくないですよ。数学の問題を何時間もかけて解いたときは、本当にうれしい。便秘の解消よりもっとうれしい。

たけし　おいら、中学の数学の問題をやってみて、絶対答えを見ずにやろうと思った。三時間かかって解いて、それで答えを見たら合っているわけ。答えが正しくて、発想の仕方が当たっているとうれしい。

藤原　子供でも、本当に才能のある子はそういう子です。三時間ぐらいはねちねち考えます。長く考えれば考えるほど、その後の喜びが鋭くなりますからね。それから、考えることに対して自信がもてますよね。一生懸命考えて、自分で問題をねじ伏せたわけですから。

数学は残酷!?

たけし　だけど、一方で数学は残酷ですよ。おいら、絵をかくじゃないですか。絵の具の色を間違えても、ごまかせるでしょう。でも、小数点の打ち方を一つ間違っても、答えは全然違ったものになりますからね。

藤原　それが怖いんですよ。百ページの論文だって、その中の一行が間違えていたら、もうごみくずですから。

たけし　そこをクリアして、フェルマー予想（nが3以上の整数のとき、$X^n+Y^n=Z^n$を満たす正の整数X、Y、Zは存在しない）のように証明することができれば、それが定理になって後世に名を残せるわけだ。

藤原　ですから、フェルマー予想も今は、アンドリュー・ワイルズの定理になっています。フェルマー予想をワイルズが解いたときは、そのニュースはその日のうちにEメールで世界中に届きました。その瞬間、私が何を思ったかというと、「間違っていればいいな」と（笑）。そういう嫉妬《しっと》はあります。

たけし　今はEメールがあるけど、昔は他の誰かがすでに解いたのに、それを知らずに解いていたこともあったでしょうね。

藤原　私だって一年かけて解いたら、すでにその三年半前に論文になっていたことがありました。あのときは青ざめましたね。本当に一年間、女の子と遊んでいたのと同じですから（笑）。一年間、何の意味もなかったことになってしまう。一日早いかどうか、一時間早いかで、優先権が決まりますから、きつい世界ですよ。

たけし　本当におネエちゃんと遊んでいれば、まだあきらめもつくだろうけどね。おいらも美人の家庭教師でも雇って、数学をやり直せないかな。先生、お茶の水女子大にはいませんか。

藤原　さっきも言いましたが、数学をやる人は純粋で正義感の強い人が多いのですが、ちょっとしつこいところがある。未練がましく、いつまでもしつこくねちねち、忘れずに問題を考え続けるようなタイプが向いていますから、失恋して三十年たっても忘れないような、そんなタイプでいいんですね？

たけし　一歩間違えれば、ストーカータイプか。やっぱり、おいらは〝毒学〟で頑張ります（笑）。

おいらも数学がすっかり好きになっちゃって、深夜番組で「コマネチ大学」ってのを始めちゃった。難しい問題にあたると、もう頭が破裂しそうになるんだけど、考えて考えて閃《ひらめ》いて解いたときの達成感というか爽快感《そうかいかん》ったら、たまんないね。オネエチャンとやってるときより気持ちいい（笑）。映画の賞はもういっぱいもらったから、次はフィールズ賞でも狙《ねら》っちゃうかな（笑）。では、最後に問題。おいらの誕生日、一九四七年一月十八日は何曜日だったでしょう？㋟

日本語の達人　北原保雄

前筑波大学学長・
日本学生支援機構理事長

言葉は多数決なんです

きたはら・やすお

昭和11年新潟県生まれ。昭和41年東京教育大学大学院修了。昭和59年筑波大学教授、平成10年から平成16年まで筑波大学学長。編著に『問題な日本語』などがある。

マニュアル言葉の蔓延《まんえん》

たけし　おいらは、日本語を乱していた張本人ですから。先生からは目の敵にされてしまう存在なのかもしれない。

北原　いやいや、そんなことないですよ（笑）。

たけし　言い訳になるけれど、おいらは若い時から漫才師をやっていたから、言葉遣いにはすごく気をつけていたんですよ。ところが、その気をつけ方というのが、舞台からテレビの時代になると変わってくるんです。どういうことかと言うと、舞台ではお囃子《はやし》が鳴ると出ていって「ようこそいらっしゃいました」で始まっていた。ところがテレビでは時間に追われるから、その部分がもったいないわけ。それで最初の挨拶《あいさつ》も「どうも」で終わってしまうようになるんです。

北原　挨拶が変わってくるんですね。

たけし　挨拶のような言葉はどんどん外していって、それでも時間を有効に使うために新語をつくるようになる。ラジオやテレビで、「何とかしてしまいました」なんて言うのを「だっちゅうの」と最初に言ったのも、みんなおいらなんですよ。

北原　あれは胸の大きい、パイレーツとかいう女性コメディアンのギャグじゃなかったんですね（笑）。

たけし　先生が編集した『問題な日本語』（大修館書店）を読んでいると、誤用の例とかヘンな日本語が出ていて、面白かったんですが、おいらがつくった言葉はなかったのでちょっと安心しました（笑）。あの中でも取り上げられていた「みたいな」という表現なんかは、ある時から急にみんなが言い出して、おいらも腹が立って仕方がなかった。「楽しいみたいな」とか「きょうは忙しいみたいな」とか言われると、忙しいのか忙しくないのか、そんなこと、おいらは知らないよって言いたくなる。よくアメリカの黒人が「ユー・ノー？」（わかってる？）って言うのと同じだと思うんですよ。

北原　なるほど、そうかもしれませんね。

たけし　もっと適正な表現があるのに、それが思いつかないで使っているというより、「忙しいか忙しくないかあなたの中で判断してください、私の気持ちをわかってください」という押し付けがましさを感じるんですよ。あと、やたら最近は言葉がマニュアル化されているでしょう。先生の本でも書かれていたので笑ったけれど、ファストフードの店なんかで注文した品を持ってくる時に「こちら、キツネうどんになります」とか言う。このうどんがキツネうどんになるのかって。もうなっているんじゃないか（笑）。「コーヒーのほうをお持ちしました」という言い方もヘンで、コーヒーしか頼んでいないのに言われる。何でこんなことになってしまったんでしょうね。

北原　さっきの「みたいな」という表現や「〜のほう」という表現は、ものをはっきりと言わず、ぼかして遠回しに言おうとするところから来ているんじゃないでしょうか。最近の日本人ははっきりと断言するのを嫌いますから。

たけし　ファストフードのマニュアルとは少し違うかもしれないけれど、バスガイドが喋《しゃべ》る観光案内なんかは、マニュアルとしては実は何も接客していない。バスガイドが何を説明していても、「おい、ネエちゃん」って、それに口挟んで質問するやつはいない。一方的なお喋りをしているだけでしょう。

北原　結局、マニュアル言葉を使う人は、自分の言葉を持っていないんですよ。高校生の時、もう五十年以上も前ですけど、修学旅行で京都の観光バスに乗ったんです。バスガイドが観光案内では上手に喋るんですけど、質問したら答えられない。自分の言葉がないんです。僕は高校生でしたけれども、「えっ」と思いましたね。

たけし　質問されたら、そこで話が止まっちゃうわけで、どう答えていいかわからないわけでしょう。

北原　だから、「キツネうどんになります」と言われたときに、「この具は何ですか」と聞いたらもう答えられない。「この具は油揚げになります」とは言えない。マニュアル言葉にはそういう応答はないからです。

たけし　先生が高校生の時からマニュアル言葉はあったわけですけれど、これほど広がったのはいつ頃からですかね。

北原　昔はバスガイドの他には、マニュアル言葉にお目にかかるような場所はあんまりありませんでした。マニュアル言葉が広がるのは、コンビニやファミリーレストラン、あるいはスーパーマーケットといった産業が盛んになってからでしょう。

たけし　言葉が乱れているというと、すぐにテレビの影響が言われますけれど、その辺はどう思いますか。

北原　やはり昔はもう少し活字文化の影響力が強かった。今はみんなテレビを見るほうが忙しくなってしまって、活字よりも話し言葉の影響を受けるようになっている。話し言葉というのは、その場で即時的に出てくるものですから、不完全なものが多い。それからテレビに出ている若い人なんかはできるだけ新しい変わった言葉を使おうとしているように見えますし、仲間内の言葉が平気でテレビに出てきます。昔はテレビではもっとよそ行きの標準語で話そうとしていたと思います。今は日常的なくずれた言葉で話す場面が多くなっているでしょう。ですから、昔よりも話し言葉が大きな広がりを持つようになってきていると思いますね。

たけし　それに、業界用語がどんどん一般人にも使われるようになってきているでしょう。

北原　本来、業界内で収まっていたのが隠語なんですね。ところが、今、業界や若者内のグループだけで使われていた言葉がテレビやインターネットを通じて、すぐに、また広くグループの外に出てくるようになった。本来なら外に出るはずのない言葉が外の世界へ出るでしょう。そうすると、それを見ている人が苦々しく思って、日本語が乱れていると言う人が多くなる。それで『問題な日本語』が売れているんでしょう（笑）。

たけし　テレビというのは、本来テレビという箱の中の社会で完結しているものなんですよ。その中で使われる言葉は、本当は箱の中だけで通用する言葉であって、そこには学者とか文学者とか教養がある人はほとんど入ってこない。たまにテレビで学者の人が話しているのを聞いていると、かえって違和感があって、疲れ果ててしまったりする。テレビの世界だけだと、どんどん語彙力《ごいりょく》も不足していきますよね。

言葉を知らなくなっている

北原　確かに今の若い人はボキャブラリー（語彙）、単語の数が減っている気がします。語彙には、理解語彙と使用語彙とがあるんです。理解語彙は、人が話したり書いたりしている言葉の中で理解できる言葉のまとまり。人が話している言葉を理解できることと、その言葉が使えるということとはちょっと違います。使える言葉のまとまりを使用語彙と言います。誰でも理解語彙のほうをたくさん持っています。それを自《じ》家薬籠中《かやくろうちゅう》のものとして使えるかどうかとなると、その中の一部しか使えないわけです。

たけし　「自家薬籠」なんて言葉、今どき誰も知りませんよ（笑）。

北原　だいたい今の若い人だと使用する頻度の高いのは「わあ」と「すごい」と「かわいい」の三つぐらいじゃないですか。語彙数が少ないので学生に「君は帰国子女？」と聞くと「イエース」なんて答えるんですが、実は帰国子女でも何でもない（笑）。帰国子女かと思うぐらい語彙が少ないんです。

たけし　日本で生まれて育っていても「帰国子女」になってしまっているんですね。フランスに行って、向こうの通訳と話をすると、「あの人は綺麗《きれい》なフランス語を使うよ」とか教えてくれる。でも、日本人は「あの人はいい日本語を喋る」とはあまり言わない。綺麗な日本語という概念そのものがなくなってしまったほど、言葉が滅茶苦茶《めちゃくちゃ》になっているんでしょうね。

北原　確かにそういう感はあります。

たけし　例えば、最近は「やばい」みたいな言葉も若い連中は褒め言葉で使ったりします。あれも数少ない語彙の中でいろんなことを表現しようとするからでしょうか。

北原　それは語彙の問題というよりも、人が使っていないような意味に使いたいという気持ちが若い人にはあるからだと思います。隠語を作るのと通じる意識ですね。「あそこの店の料理、やばい」と言うから爆弾でも入っているのかと思うと、おいしいという意味。「この音楽、やばいよ」と言うと魅力的という意味だったりする（笑）。

たけし　おいらの感覚だと「あそこの店はやばい」というのはまずいか、ボッタクリか、ヤクザの店かだからね（笑）。でも、先生はずっと大学で学生を教えてきたわけですが、なぜ学生の語彙がそれほど少なくなったと思われますか。

北原　いろいろな理由があるでしょうけど、テレビの影響と裏腹ですが、やっぱり読書不足でしょうね。聞いているだけ話しているだけではなかなか語彙を増やせませんよ。それから書くことです。文章を書くと、例えば「彼は……と言った」と書いた後で、「いや、ここは『話した』のほうがいいか、『喋った』『語った』のほうがいいか」と推敲《すいこう》したり、文章を読み直したりする時間があります。しかし、喋っている時に、「話した」がいいか、「語った」がいいかなんて考えられません。考えていたら次の言葉が出ませんから。そういう文字言語、書いたり読んだりする世界が非常に縮小してしまったというのが語彙不足を招いている大きな原因だと思います。

たけし　熟語だけではなくて、慣用句やことわざも知らなくなっているでしょう。最近はお笑いが駄目になってしまったなと思うのは、「ことわざ」が効かないことなんです。「猫に小判」とか「豚に真珠」ということわざを知らないから、「猫に御飯」とか言っても笑わずに、その部分を通過してしまう。

北原　逆に「猫に小判」と言ったら、そうじゃなくて「猫に御飯の間違いでしょう」と言われそうですね。

たけし　「馬の耳にお陀仏《だぶつ》」と言ってもそう。昔はそれでゲラゲラ笑ってくれた。でも、今の若いお客だと何にも反応しない。元のことわざを知らないから、お笑いにならないんです。

北原　本当に言葉を知らなくなっていますからね。先日もテレビ番組の中で「境内」という漢字の読み方を問題に出したんですが、読めない人が非常に多かった。確かに考えてみると、「境」という字を「けい」と読むのは他に例がないんです。あれは「環境」とか「境界」とかの「きょう」。それから「内」も「だい」と読むのは「内裏」とか「参内する」ぐらい。「内」は「国内」とか「家内」のように「ない」と読む例が圧倒的に多い。だから「けいだい」と読めないのも無理ないと思うんですが、そもそも「境内」という単語そのものを知らない。神社の境内で遊んだことがないから、どういうものかわからない。こんなのは小学生にも答えられる問題なんですけれど。

たけし　境内という言葉を教わっても、それと実物のイメージが頭の中で結びつかないから、使いようもないんですね。

北原　ある人は「けいない」と答えたんです。「小学校の先生がずうっと『けいない』と教えていたからこれで正しい」と言い張るんですよ。こうなると、問題は先生にまで遡《さかのぼ》ってしまう。

たけし　だって語彙が少なくなった大学生が、大学を卒業した後、先生をやっているわけですから仕方がない。

北原　確かに学校の先生も問題ですね。言葉については家庭の教育と小学校の低学年での教育が大事です。しかし、言葉は生涯学習ですから、学校は単に「言葉を教える」というより、むしろ「言葉に気を配る」「言葉の大切さを知る」ような教育をしていくべきだと思うんです。もう少し具体的に言えば、分からない単語があった時には、すぐ辞書を引いて確かめるとか、そういう習慣をつけてやるような教育をしていかないといけないと思う。

言葉遊びに使える『逆引き辞典』

たけし　先生は『国語辞典』や『古語辞典』などいろいろと辞書をつくっていますが、その仕事に関わったのはいつ頃からですか。

北原　最初の辞書は二十七、八歳の頃からです。二〇〇二年に出した『明鏡国語辞典』(大修館書店)は十八年ぐらい編集期間がありました。表紙に名前が書いてあるものだけでも、これまでにつくった辞書は二十冊を超えると思います。

たけし　それはすごい。

北原　私の専門は日本語の研究なのですが、言葉には「縦の関係」と「横の関係」があります。どういうことかというと、日本語を縦に書いた時に、縦の関係が文法になります。主語があって、その下に修飾語や目的語がきて、そして最後に述語がくる。

こういう縦の関係が文法によって成り立っているわけです。一方、例えば主語の部分に入る言葉もいろいろとあります。「私」という他に、「僕」とか「俺」。たけしさんだったら「おいら」だったり、いろいろあるでしょう。そういう選択肢の中から選んできて、そこに収めるわけです。その次に、主語を「私」とした時に、「私は」と言うか、「私が」と言うか。他にも「私も」「私さえ」など、主語につく助詞も幾つもありますね。縦の関係の文法に対して、各単語の横にはたくさんの単語が並んでいます。その中からどの単語を選択するかが、横の関係です。言葉の研究とは、文法の研究と、どういう言葉がまとまりになっているか、語彙の研究――大きく分けると縦と横の二つの研究の分野になるんです。私は文法も勉強しましたけど、言葉のまとまりについても研究してきました。その結果を辞書に反映しようと思って、『古語大辞典』とか『反対語対照語辞典』『カタカナ語使い分け辞典』などいろいろと特殊な辞典もつくりましたね。

たけし　逆引きの辞書を最初につくったそうですね。

北原　ええ。逆引きは『明鏡国語辞典』をつくる過程で、「――語」とか「――紙」とか、言葉を下の方から整理し直す必要があったからです。それを材料にしてつくったわけです。逆引きというのは後ろから並べた辞典ですから、「りん」で終わる言葉を調べて並べれば、「不倫」「プリン」「トランポリン」とかね、こういう遊びも出来ます。

たけし　セント・ルイスの漫才みたいだ（笑）。

北原　『逆引き辞典』の利用法は、脚韻を踏んだ言葉を並べて楽しむことと、同類の語を調べることです。税金の「税」が下につく言葉はどんなものがあるのか全部調べられるんですね。所得税、住民税、消費税……。普通の辞書だと上の音から並ぶので、「所得税」だと、「所得格差」とか「所得水準」など「所得」で並び、「税」の仲間としてはおさえられません。

たけし　岩波の『逆引き広辞苑《こうじえん》』が先生のアイディアをそのまま使ったものだとお書きになっていましたけれども。

北原　広辞苑は私のまねをして、逆引き索引をつくったわけです。そうしますと、辞書を作る時に最初から逆引きをつくるつもりで言葉を拾っていませんから、収録語数が多いわりには、漏れがあるんです。「教育」には「国語教育」はあるけど「日本語教育」はない。教育には「理科教育」「社会科教育」「国語教育」があり、外国人のための「日本語教育」があるというふうに拾っていけば、言葉を落とすはずはないのですが。「生」を語末とする言葉を見てみると、「大学生」はあるけれども「小学生」

「中学生」「高校生」「短大生」「女子大生」などはない。「優等生」はあるけど「劣等生」は載っていない。『広辞苑』を元に逆から並べただけで、語末から逆発生する現代語を十分に収録していないんですね。

『日本語逆引き辞典』は役立つだけでなく、言葉遊びに使えて面白いと思ってつくったのですが、これが当たりました。五千円近くする辞書で高かったのですが、随分と売れましたね。一時期ブームになりました。

たけし 言葉のお尻《しり》が合うのは語感がいいんですよね。それも三つというのは、コピーとしては切りがいい。ケーシー高峰さんの漫談がそれなんですよ。すごくくだらないんだけど、「今から問題です。若い男女が新婚旅行に行ってやることを次の三つから答えなさい。セイコー、パテック、ローレックス」(笑)。

北原 語尾が揃《そろ》っていませんけど(笑)。

たけし あと、「健全な男子が異性を意識したときに下半身に起こる状態を言いなさい。ボッキ、ジャッキ、モンキッキ」って。

北原 これは韻を踏んでいますね(笑)。

たけし 必ず三つ並ぶんですよ。

北原 「この木、何の木、気になる木」「驚き、桃の木、山椒《さんしょ》の木」も三つ。四つだと長くなり過ぎてしまうから。

たけし　コピーライターやラッパーにとっては『逆引き辞典』は必需品だね。普通の国語辞書をつくる際には、どんな新しい言葉を入れるか、基準みたいなものはあるんですか。

北原　新語、流行語については、継続性や将来性があるかということが問題になります。例えば、「イマい」だとか「ナウい」なんていう言葉はもうあまり使われなくなっているでしょう。そうした言葉を入れていたらまた抜かないといけなくなる。それからどういう語を捨てるかということも難しいんです。有名な漱石や鷗外を読んだりしたときに割とよく出てくる単語だけれど、今は使わないような言葉はどうするのか。わからない言葉だから辞書を引くわけですから。そこが編者の識見になってくるんです。

たけし　確かに「ナウい」なんていう言葉はもうなくなっちゃった。浅草に「ナウいヤングのお店」って、まだ看板が出ているお店がある。その時点で、ヤングの店じゃない（笑）。

北原　その看板自体が古びてしまっている（笑）。

語彙《ごい》を増やすのか用例を増やすのか

たけし ところで、一冊の辞書をつくる際に、「あ」行はこの先生、「か」行は別の先生というように分担するんですか。

北原 そうではなくて、品詞別に分担するのが普通ですね。例えば名詞には名詞に共通する性質や用法がありますし、動詞には動詞に共通する特徴があります。他にも助詞担当だとか助動詞担当だとかというように分担して執筆、編集するんです。

たけし 用例なんかを選ぶのは大変でしょう。それこそ一通りの名作は全部チェックしているわけですか。

北原 そうですね。いろいろ資料データもありますし。それから用例を掲載する際に、実際に使われた例と、自分たちで作例する場合があります。つくった用例はよくないから実際に使われたものを使うべきだという意見もありますが、実際の例にはなかなかピッタリと合ういいものがないんです。そんなものにあまり行数を取らないで、編者が最適な例をつくって載せたほうがいいと思っています。

辞書は、一つの項目に幾つかのブランチ（意味の分類）があるわけですが、そのブランチで取り上げている意味はかなり基本的なもの。いわゆる辞書的な意味なわけです。実際に言葉が使われる時には、かなり意味の幅があるので、辞書的な意味を補うという点で、用例というのは非常に大事です。例えば「子供」という項目に、「子供」が使われるいろんな用例を示しておけば、子供の年齢というのは大体どれぐらいなのかがわかります。「小学生の子供が来た」という用例があれば、小学生は子供なんだなと。また、「母親が自分より背の高くなった子供を叱《しか》っている」という用例があれば、もう少し大きくて中学生や高校生でもいいということが分かる。親と子の関係で子供というのを使うとか、そういうことは用例に語らせたほうが分かりやすいんです。

たけし　語彙を増やすのか、用例を増やすのか。その選択はどうやって決めるんですか。

北原　両方多ければいいんですけれども、やっぱりキャパシティーの問題、容量の問題がありますから。

たけし　『広辞苑』は語彙を増やして、結局、百科事典に通じるぐらいのものになってしまっていますよね。

北原　ジテンは同じ発音でも国語辞典などの「辞典」と、漢字をどう書くかという「字典」、それからもう一つは百科事典などの「事典」があります。『広辞苑』は事典的な要素があるんです。「めいじ」を引くと「明治大学」や「明治学院大学」など大学の名前まで項目で出ていますから。

たけし　子供の頃って、辞書を買ったら、まずいやらしい言葉から引いたもの。「性交」と引くと「交合」ってあって、「交合」を引くと「まぐわい」とあって、「まぐわい」と引くとまた「性交」が出てきて……と、ぐるぐる回って元へ戻ってくる。最終的に何のことかサッパリ分からなかったりする(笑)。

北原　そうですね。最初から次々に意味を引いていって、最後には「ご苦労」って出る(笑)。

たけし　最後には「このスケベ!」とか(笑)。でも、こういう下ネタから言葉を覚えるというのはありますよね。言葉を選ぶ時、下品な言葉は入れないように自粛することもあるんですか。

北原　それはあります。もっとも気をつけないといけないのは差別語の扱いです。その言葉を掲載したことによって抗議を受けることにもなりかねませんから。しかし、悪い意味での言葉狩りに応じてしまって、あまりに自粛してしまうと辞典としての意味がなくなってしまう。ただ何を項目として立てるかというのは編者の見識ですから、悪い言葉を立てた場合は言い訳が立たない。それから解説の中に悪い言葉を使っても、責任を問われます。実際の用例については、これは事実としてあるのだからという言い訳もできますが、それでも「他の用例も使えたじゃないか」と言われないとも限りません。

たけし それで失敗したことはありますか。

北原 特にないですけれども、悩んだことはありますね。特に古語辞典の編集では結構悩みました。古典には、そういう差別用語と言われるものがたくさん出てくるでしょう。

たけし それを気にしだすと、古語辞典なんか作れないですね。

北原 大きな辞典であれば、やはり載せざるをえません。高等学校の現代文の教科書なんかでも、昭和初期ぐらいの作品だと、問題のある言葉が出てくる。そこを直そうにも作者が亡《な》くなっていれば直せない。そうするとその作品全部を削除しなければならなくなります。差別語の問題は難しいですよ。

変わっていく言葉

たけし 先生のように古語も扱っていると、言葉の変遷《へんせん》がよく分かるでしょうね。

「です」「ます」というような言い方も、もともとは明治維新の時に政府の上層部にいた長州人の「何とかであります」という方言から変わってきたものだという話を聞いたことがあるんだけど、本当なんですか。

北原 「です」の語源には二つあるようです。一つは江戸時代よりも前に「でそうろう」から変化したものです。狂言にも「このあたりの大名です」のように出てきますが、丁寧というよりも尊大な感じを持った言い方です。もう一つは江戸中期ころから、「でござります」→「でござんす」→「であんす」→「でえす」→「です」と変化してできたものです。遊女、医者、職人などが使ったようですが、これは現在の「です」に近いものです。

たけし なるほど、聞いてみないと分からないものだね。言葉は変わっていくものですけれど、古典の時代と比べると、動詞なんかは使い方どころか、活用が変わったんですよね。

北原 動詞の活用は、古典では九種類ありました。四段活用、上一段、下一段、上二段、下二段、カ変、サ変、ナ変、ラ変と九つ。それが今は五種類ですからね。全部きれいに法則が変わったんです。これはとてもすごいことです。さっきの「ナウい」ではありませんが、今だって単語が入れ替わるというのは、いくらでもあることですよ。

ところが、四段活用が全部五段活用になったとか、下一段活用が五段活用になったとか、これは規則の変化ですから大変なものですよね。

たけし　その変化の過程は全部分かっているんですか。

北原　どのようにして変わったのかは全部分かります。ただ、いつ頃変わったかは、正確には言えません。言葉は徐々に変わるものですから。私たちが研究できるのは文献しかありませんが、貴族の書いたもの、女性の書いたもの、政府の記録などいろいろなジャンルのものがあります。それはみんな話し言葉を反映して書かれている。言葉というのは、今も昔も話し言葉から変わっていきます。それが書き言葉に次第に反映されていくので、どう変わっていったのかが分かる。ところが、書き言葉と話し言葉が行ったり来たりしながら、言葉は徐々に変わっていく。ところが、今は話し言葉だけが先行して表に出てくる感じがあるので、よけいに言葉の乱れが目立ってしまうのでしょう。

たけし　先生が編集した『明鏡国語辞典』で面白いのは、そういう乱れや誤用について特に詳しく記述されている点。「なおざり」（いい加減にしておくこと）とか「おざなり」（誠意のない、その場かぎりの間に合わせであること）とか、どっちがどっちだったか、咄嗟《とっさ》に使い方に迷う言葉も多いですよね。

北原　「なおざり」というのは由緒《ゆいしょ》ある古い言葉なんです。「おざなり」なんていうのは江戸時代からできた言葉です。確かに混同されて誤用されることが多いですね。

たけし　他にも、「喧々囂々《けんけんごうごう》」だか「喧々諤々《けんけんがくがく》」だか、どっちがどっちだったっけとすぐに分からない。「喧々囂々」（多くの人が口やかましく騒ぎ立てるさま）が正しいんですよね。

北原　そうです。またこの字が難しいから……。「喧々諤々」は「喧々囂々」と「侃々《かんかん》諤々《がくがく》」（互いに正しいと思うことを堂々と主張すること）が混同して、誤用されるようになったんです。

たけし　そうやって誤用がそのまま定着してしまう。

北原　そういうケースは多いんです。言葉は多数決ですから。ヘンな言葉は少数派だということなんですね。それが多数派になったら、ヘンではなくなる。半分の人ぐらいしかまだ使ってないと「乱れている」とか「困ったもんだ」などと言われますけれど、そのヘンだと思われていた新しい言葉を使う人が多くなれば、それが普通になって古い言い方は死語になってしまうわけです。

たけし　淘汰《とうた》されていくわけですね。

北原　ええ。さっきの動詞の活用だって、活用が変わっていく過程で、新しい活用形が多数になるまではいろいろ批判されたと思いますよ。

ややこしい「仮名遣い」

たけし　その一方で、よく誤用だと指摘されていたものがそうではないこともある。若いやつらが「全然いい」というと、言葉が乱れていると言われるけれど、そうではないことを先生の本で知りました。「全然」というのは、その後に否定的な言葉をもってきて「全然駄目だ」とか、そういうふうに使うものかと思っていたら、必ずしもそうではないんですね。

北原　「全然」というのは以前も肯定的にも使われているんです。漱石や芥川の文章にもそういう例があります。漱石の例では「そこで三人が全然翻訳権を与次郎に委任する事にした」という表現があります。

たけし　「漱石も使っていた」というのは説得力がある。

北原　「僕は漱石に倣《なら》ったんだ」と言えばいいんです（笑）。

たけし　言葉の意味もそうですが、仮名遣いというのも日本語は相当ややこしい。歴史的仮名遣いなんて、ルールがあるようでないようなものでしょう。

北原　そうなんですよ。平安時代の十世紀、十一世紀のころの発音をもとにしてできているのですが、発音の方がどんどん変わっていきますからね。ですから、この語は仮名ではこう書くのだという遣い方のきまり、「仮名遣い」が必要になってくるのです。

たけし　そうだったんですか。

北原　現代仮名遣いだって面白いですよ。「ボウリング」という言葉があるでしょう。あれを片仮名でどう書くか。手でやるスポーツのボウリングは「ボウ」と書く習慣が久しいから「ボウリング」と書くんです。ところが、仮名遣いの本則は「ボ」を伸ばすときには棒を引く。ですから、地中に穴を掘ることは「ボーリング」。ところが、発音は両方とも同じ「ボーリング」なんです（英語の発音では、「ボウリング」と「ボーリング」で、区別されますが、日本語では同じです）。野菜を洗ったりする時の「ボウル」も日本語の発音は「ボール」なのだけど、みなさんが「ボウル」で書き慣れているので例外的にその表記が認められているんです。こういうのはもう暗記するしかないんです。

たけし　片仮名ではなくても、発音と表記が違うものって、だいぶある。「通り」だって、発音は「とうり」とか言うけれど、仮名遣いの表記は「とおり」でしょう。

北原　これも旧仮名遣いで「ほ」と書くものは「お」にするというように決められて

いるからなんです。「とおり」は、昔は「とほり」と書いていたんですね。ですから、今の人がどう発音しようと関係ありません。「とおり」と発音しようが、「とうり」と発音しようが、仮名で書く時は「とほり」は「とおり」と書くことになっているのです。

たけし なるほど、昔は「ほ」だったんだ。

北原 正しく使うためにはそういう規則を覚えなければいけません。「大きい」も、昔、「おほきい」と書いたから仮名遣いは「おおきい」。「大きいですね」と言う時に、「おおきい」と切って発音することもありますが、「おーきい」と発音するほうが普通でしょう。発音と違うのはたくさんありますよ。「唯一《ゆいいつ》」も「ゆいいつ」とは言わずに「ゆいつ」と言っている人がいるでしょう。

たけし やっぱり日本語は難しいけれど、面白いね。おいらももう一回日本語を見直そう。職人さんなんかは、たまにフワッと実にいい言い方するじゃないですか。

北原 プロごとにいい言葉があるんです。隠語も含めて、それが平均化してしまっては面白くない。でも、芸能やマスコミの業界の人は、いろいろ独特の言葉を使っていますよね。

たけし 芸人でも読めない人がいますけど（笑）。村田英雄さんが台本に書かれている「上手《かみて》」「下手《しもて》」を「じょうず」「へた」と読んだんです。「何で三波が上手で、俺が下手なんだ」って（笑）。
北原　それはフィクションですか、ノンフィクションですか。
たけし　ノンフィクション（笑）。
北原　でも、浪曲を聞いていると、古いいい言葉がいろいろ出てきますよ。浪曲をやっていると、語彙《ごい》は豊富になってくるでしょうね。
たけし　それは浪曲師ですから豊富だったと思います。桃中軒雲右衛門《とうちゅうけんくもえもん》の浪曲忠臣蔵「南部坂雪の別れ」なんて「御納戸羅紗《おなんどらしゃ》の長合羽《なががっぱ》、一段はじきの渋蛇の目……」。聞いているとすごいのは分かるんだけど、ほとんど何のことか分からない（笑）。
北原　「合羽」と「蛇の目」というのが分かれば、立派なんじゃないでしょうか。今の若い人は、「蛇の目」と聞いてもたぶん分からない。
たけし　文楽師匠や志ん生師匠の落語なんて、今聞いても、すごく面白い。それは芸の力もあるんだろうけど、日本語の魅力もあるんでしょうね。おいらも日本語を磨かないと駄目だね。そんな日本語でおネエちゃんを口説いても、返ってくるセリフはたぶん「たけしさん、チョーやばいみたいな」（笑）。

言葉っていうのは、やっぱり生き物だから、どんどん変化していく。それでも室町時代とか江戸時代とかはのんびりしてるから、言葉遣いの変化がそれほどでもなかったかもしれないけど、今みたいに情報の伝達スピードが速いと、あっという間だ。で、女子高生の言葉とかネット用語とか、ああいうのはおいらもすっかりちんぷんかんぷんで、腹が立ったから、形容詞の新しい使い方を考えた。何にでも「ぴた一文」ってわざとつける。「いやー、ぴた一文暑い」とか。若い奴《やつ》が「たけしさん、それ何ですか？　意味わかんないですよ」って言ってた。ざまーみろ！㋟

寄生虫の達人　藤田紘一郎

東京医科歯科大学名誉教授

不潔だから健康なんだ

ふじた・こういちろう

昭和14年中国・旧満州生まれ。東京医科歯科大学医学部卒業、東京大学大学院修了。平成17年4月より、東京医科歯科大学名誉教授、人間総合科学大学教授。

叱《しか》られた検便の思い出

たけし　先生にはおいらの「最終警告！　たけしの本当は怖い家庭の医学」にも出演してもらったりして、初対面ではないんですよね。先生の寄生虫についてのエッセイを読むとダジャレだらけ。今日は先生のために、新ネタを作ってきました。

藤田　是非、教えてください。

たけし　オペラとかミュージカルとか音楽を聞かすと元気になるカイチュウ。それを「オペラ座のカイチュウ」と言う。電灯をつけるとカイチュウが元気になる。これを「カイチュウ電灯」と言う。カイチュウの数え方、一チュウ、二チュウと数える。八匹までくるとチュウチュウタコカイナ（笑）。

藤田　どうもありがとうございます（一所懸命メモをする）。

たけし　先生の本にも書いてあるけれど、おいらたちの時代には、みんなお腹《なか》の中にカイチュウがいたから、検便がありました。マッチ箱にウンチを入れて学校に持っていく。今のような水洗便所じゃなくて、汲《く》み取り式の便所だから、ウンチが落ちるところを自分で受け取るのが、すごく大変。おいらはいつも先生から「また、おまえは忘れた」と怒られていたんですよ。一度、忘れた時に怒られるのが嫌で、犬のウンチを拾って、マッチ箱に入れたんですよ。保健所で調べたら、あんまり見たことのないようなムシが入っていて、「いったい、おまえはどういう生活しているんだ」って（笑）。

藤田　一九五〇年度の日本人のカイチュウ感染率は六二パーセントなんです。その頃、私は三重県多気郡明星村（現明和町）っていうところにいたんですが、その村では一〇〇パーセント感染していました。そういう状況だったら、犬のウンチ入れても、バレなかったでしょうね。実はたけしさんと同じように、カイチュウがいなくなった頃に、犬のウンチを入れた人をもう一人知っています。数学者の秋山仁先生で、彼も面倒くさくて、犬のウンチを入れたものだから、いろんな寄生虫が検出されて、大量に薬を飲まされて、ひどい目に遭ったそうですよ。

たけし　みんな似たようなことをやっているんだね。でも、カイチュウって、昔は珍しいもんじゃなかった。うちの兄貴が着替えようと裸になると、カイチュウがポロッと尻《しり》から出ている。それを母ちゃんが引っ張り出して「大《まさる》、これちょっと捨てなさい」って。その脇《わき》で、おいらはまだ飯を食っているのに（笑）。

藤田　たけしさんは一回もカイチュウを駆虫したことはないですか。海人草《かいにんそう》なんか飲んでいませんよね？

たけし　おいらの場合は違いました。

藤田　マクニンというチョコレート味の錠剤じゃないですか。

たけし　そうだったかもしれない。

藤田　だいたいカイチュウの話をすると、何を飲んでいたかで、年代がわかるんです。海人草という海藻を煎《せん》じた苦い薬を飲まされていたのは六十歳以上。だんだん駆虫剤もチョコレート味がついたりして、飲みやすくなっていくんです。

でも、戦前の日本人はカイチュウを駆虫しようとしてきた形跡はないんです。そもそも日本人は野菜を煮物にしたりして、生野菜を食べてこなかったので、それほどカイチュウが問題になったことはなかった。せいぜい、お浸しとか漬け物とかで感染するぐらい。ところが、占領軍がやってきて、アメリカ人がいきなり有機肥料で育てられた生野菜をサラダとして食べた。そうしたら、お腹の中がカイチュウだらけになって、マッカーサーは「日本は不潔な国だ」と吉田首相にクレームをつけたんですよ。それで吉田首相が、すぐに「寄生虫予防法」をつくり、全国の都道府県に「寄生虫予防協会」を設置。それで私たちが、年に三回、海人草を飲まされて駆虫をやられたんです。

肥だめに落ちると健康になる？

たけし　日本人はカイチュウに慣れ親しんでいたわけですね。カイチュウと人間との付き合いは随分と古いので、今の考古学者はトイレの跡とかも全部調べるらしいですね。何を食べたか、どんな寄生虫がいたかもわかるとか。

藤田　ええ、考古学の人たちが、カイチュウの卵を勉強させてくださいって来ます。遺跡から出てくるカイチュウの卵は化石化していますが、それでも卵の殻がきちっと残っているので、わかるんです。この間、韓国のキムチにカイチュウの卵があったというので騒ぎになったでしょう。あれだけ辛いキムチの中でもカイチュウは生きているんですよ。

たけし　先生は、あのキムチ騒動はどう見ていたんですか。

藤田　あの発端は、韓国の市場に出回っているキムチの六割以上が中国製に席巻《せっけん》されてしまったことです。それで韓国の業者が追い詰められて、初めは中国産のキムチには農薬による燐《りん》の濃度が高いということで、野党ハンナラ党の議員に問題にさせた。ところが、調べたら何ともなかったので、次にカイチュウの問題を取り上げたんです。

中国産のキムチのうち、四割ぐらいにカイチュウの卵が付いているということで大騒ぎになったんですけど、中国側が「韓国産も調べてみろ」と言い出したので、調べてみたところ、韓国産からもカイチュウの卵が検出されたんです。

たけし　結局、痛み分けじゃないですか。

藤田　いや、韓国産から検出されたのは、犬とか猫のカイチュウの卵。だから、安心だと発表されたんですよ。それで韓国産については、それ以上の追及はされなかった。しかし、私から見たら、犬や猫のカイチュウの卵ということは、犬や猫のウンチが付くような場所にあった白菜だったということですよね。中国産に付いていたのはヒトのカイチュウの卵。つまり、ヒトのウンチを有機肥料として使っていたというわけですから、本当に中国産のほうがいけないと言えるものなのかどうか？

それよりも怖いのは、ヒトのカイチュウだったら、親虫は腸に寄生するというように、どこに寄生するか居場所が決まっているのですが、犬とか猫のカイチュウは、幼虫のままでヒトの体内をぐるぐる回るんです。それで肝臓へ行ったり肺に行ったり目に行ったりします。目に行けば、失明してしまう。

たけし　ヒトのカイチュウより怖いわけですね。

藤田　そうですよ。韓国でもカイチュウのことをよく知らないから、その怖さがわかっていないんです。

たけし　もう亡《な》くなったけど、大泉滉《おおいずみあきら》さんという役者さんがいましたよね。あの人は自分で野菜育てていて、自宅に呼ばれてサラダをご馳走《ちそう》になったことがあるんですよ。「どうだ、有機野菜だから旨《うま》いだろう。俺んちの家族のウンチがかかっているからな」って。いくら何でも、その有機肥料を製造していた本人を目の前にして、そんな野菜を食いたくないって（笑）。中国でも、ウンチを有機肥料に使っているんですね。

藤田　そもそもウンチを肥料として使う技術は、中国から来たんです。カイチュウが野菜に付きさえしなければ、あんなにいい肥料はないですね。日本では、それをできるだけ防ごうとして畑の中に肥だめを置いておいたんです。そこでウンチを発酵させることによって、カイチュウの卵を殺したんですよ。

たけし　肥だめはそういう意味があったんだ。おいらが子供の頃に、畑の近くで野球やっているじゃないですか。ボールが畑の中に飛んでいくと、お百姓さんが怒って、足元に転がったボールの上に、肥だめからすくったウンチをかけちゃう（笑）。しょうがないから、ボールをドブで洗って、また使うんですけどね。

藤田　たけしさんは、肥だめに落ちたことないですか。

たけし　ありますよ。

藤田　落ちた人は病気に対して強いらしいですよ。

たけし　肥だめって、表面がピザみたく固くなるんですよ。大きな肥だめがあったんで、その上を二歩ぐらいで走り抜けられるかどうかを遊びでやっていたんです。運動神経のいい奴《やつ》は渡れる。おいら、渡っている最中に大丈夫かなとちょっと迷ったら、ずうっと肥だめに落ちて首までつかっちゃった。後で母ちゃんにえらく怒られた。あわてて銭湯に行って、そのまま湯舟につかっちゃったりしてね、それで後から入ったジイさんが「ああ、いいお湯だな」って、顔を洗っていた(笑)。

藤田　肥だめに落ちたような状況を過フン症っていうんじゃないですか(笑)。

たけし　昔の銭湯は、子供が入ってきて、そのままいい気持ちになって、ウンコしちゃう。それで湯舟にウンコが浮かんでいるので、「おじさーん、ウンコがあるよ」って言うと、銭湯のおやじが柄杓《ひしゃく》で「はい、はい」って、そのままウンコをかき回して、お湯と混ぜてしまう。「ウンコをかき回していいのかよ」「一々お湯を入れかえられるか。赤字になっちゃうだろ」だって。後から入る人はそれを知らないで、お風呂《ふろ》のお湯でうがいをしちゃったりする(笑)。

藤田　そういう生活をしていると、免疫力《めんえきりょく》が上がるんですよ。ところが、今は生活全般がきれいになりすぎてしまったので、アトピーとか花粉症とかに悩まされるようになったんです。

たけし 卵や牛乳のアレルギーとか、そばアレルギーとかもあって、何を食べるか選ぶのも大変になっていますよね。

藤田 あんなこと、昔はなかったんです。最近は米を食べてもアレルギーになる米アレルギーもすごく多い。たけしさんが子供の頃のように、ばい菌やらカイチュウやらと、たくさんつき合っていると、身体《からだ》を防衛しようとする細胞は、そちらを攻撃するのに一生懸命になります。だから、お米の中に入っている「変なもの＝アレルギー物質」に気がつかなかった。それが、ばい菌やカイチュウを身体から追い出したら、このカイチュウ担当の細胞が無役になってしまった。ヒマになったんで、何しているかというと、本来は反応しなくていい花粉とか、お米の中にある「変なもの」に気がつくようになった。それに過剰に反応しすぎるのがアレルギー反応なんです。だから、カイチュウやばい菌担当の細胞を忙しくしてあげたほうがいいんですよ。

たけし よく考えてみれば、コアラなんか、赤ちゃんの時にいきなり母親のウンチを舐《な》めるんだから。

藤田 なぜ舐めるのかというと、コアラはユーカリを食べているでしょう。ユーカリには毒性があるのですが、母親の腸内の菌が無毒化してくれるんです。生まれたばかりのコアラには母親の腸にあるような菌がないから、お母さんがユーカリを消化したウンチを取り入れないと毒が回っちゃう。パンダも生まれたらお母さんのウンチを食べます。パンダの場合も、おなかの中のばい菌が消化を手伝うので、赤ちゃんはササを食べても消化できないんです。だから、ウンチってそんなに汚くないんですよ。

たけし　スカトロ趣味の奴が喜ぶね（笑）。ところで、どんな生物にも寄生虫はいるんですよね。

藤田　ええ。ただし、寄生虫というのは、犬のカイチュウ、猫のカイチュウ、ヒトのカイチュウ、みんな分かれています。クジラにはクジラのカイチュウがいる。それをアニサキスと呼んでいますが、世界の海で獲《と》れるクジラには必ずカイチュウがいる。ということは、我々は外側からクジラの姿だけを見て、クジラと思っていますが、それは間違い。「クジラ＋カイチュウ」がクジラなんです。

たけし　言い換えてみれば、カイチュウがクジラのぬいぐるみを着ているようなものですね（笑）。

藤田　どの生物もそうなんです。ヒトも本当は「ヒト＋カイチュウ」がヒトだったと思うんです。それを、みんなヒトだけで生きていこうとして、寄生虫を追い出してしまった。だから、アトピーや花粉症になったんです。

女性はビデの使いすぎに注意！

たけし　先生はだいぶ前から日本人の行き過ぎた清潔好きに警鐘を鳴らしていますが、なかなか変らない。朝晩頭を洗って、マイ歯ブラシをいつも持っている奴もいる。ちょっと何か仕事をした後は、すぐに石鹸《せっけん》で手を洗う。使っているモノは、全部抗菌グッズだったりするでしょう。

藤田　上司のボールペンは汚くて持つこともできないとか。いったい日本は、いつからこうなってしまったのか。

たけし　今では、頻繁に手を洗うことがマナーみたいになっているでしょう。

藤田　私なんか、大学で「一番汚い男」と言われているらしいんです。それで、私の教授室のノブは、必ず滅菌ティッシュで拭《ふ》いてからでないと握れないとか陰で言われて（笑）。

たけし　そのうち、先生の研究室に入るには、目だけ出ている密閉されたスーツに着替えて、ゴム手袋をしたりする（笑）。

藤田　何でこんなに抗菌グッズが流行《はや》っているかというと、「きれい」のほうが商売になるからです。抗菌グッズなんて、身体にいいわけない。身体を守っている菌すらやっつけてしまうのですから。皮膚にいるばい菌は皮膚を守ってくれています。女性の膣《ちつ》の中にはデーデルライン乳酸菌という細菌さんがいるから、きれいなんです。この細菌は膣のグリコーゲンを食べて乳酸をつくることで、膣を強力に酸性にしている。ところが、おしっこに行くたびにビデで洗ってると、この細菌が流れてしまうので、膣の中が中性になってしまうんです。そうすると、雑菌が繁殖して、オリモノが出て、膣炎になる可能性もあります。

抗菌、除菌、消臭、脱臭ということを付加価値にすれば、これまでの商品よりも高く売れるわけです。私は、汚いほうがいい、石鹸をあんまり使わないほうがいいと言っている。だけど、それでは商売にならないんですね。

たけし　おいらみたいに、不精なほうがいいんですかね。そんなに若い子みたく、清潔、清潔って気にしませんから。常識に合わせて、風呂には入るけれど（笑）。

藤田　新宿の西口公園で寝ているホームレスの人たちには、アトピーが一人もいない。ハゲの人もあんまりいないですよ。洗い過ぎたらアトピーになるし皮膚は弱くなるんです。だから、あの人たちは、しっとりとした肌を持っていますよ。

たけし　ところで、カイチュウ以外に、人間につく寄生虫は全部で何種類ぐらいあるんですか。

藤田　百から二百ぐらいでしょう。でも、次から次へと新しいのが出てくるんです。例えば、コンタクトレンズを使うようになって、これまでは土や池の中にいて、人間に寄生しなかったアカントアメーバという奴が寄生してくるようになりました。人間がコンタクトレンズをつけるようになって、目の中が住むにはいい環境になってきたんです。潤《うるお》いがあるうえ、タンパク質などの汚れもレンズに付いて、それがアメーバにとっての格好の餌《えさ》になるわけです。このように、文明の進化に伴って出てきた寄生虫もいます。

ただし、ヒトの寄生虫のほとんどが、寄生宿であるヒトを大事にして共生するタイプです。動物の寄生虫は動物を大事にする。ウイルスも同じで、単独では生きられない。必ず宿主というのが必要なので、宿主を大事にする。最近、問題になっている鳥インフルエンザウイルスを地球上からなくそうと言った人がいるけど、なくせないんです。というのは、昔からカモの中に寄生してきて、カモが「カモンカモン」って言ったら鳥インフルエンザはそこに行ってしまう（笑）。カモの中で繁殖して、カモを大事にするから、カモにとっては痛くもかゆくもない。それが鶏に行くと鶏の場合は全滅してしまう。ヒトに来ると、もっと怖いということで今、騒いでいるんです。

こんなに賢い寄生虫

たけし そういえば、ギョウチュウというのもいましたね。

藤田 ギョウチュウというのはかなり小さな虫で、盲腸から肛門《こうもん》に行って産卵するんですよ。肛門の付近に産卵されるから、お尻《しり》がかゆくなるんです。肛門のところにシールみたいのをペタッと貼《は》ってはがすのがギョウチュウ検査ですが、それで卵があるかないかを調べるんですね。中間宿主がいなくて、卵から直接ヒトに感染するのはギョウチュウだけです。肛門で酸素に触れて卵は感染可能な状態になって、お尻がかゆくなって、そこへ手を向けさせようとする。思わずそこを掻《か》いたり触ったりした手で、他の人と握手したりすると、相手に卵が移ることになります。だから、幼稚園なんかで一人ギョウチュウに感染している子がいると、皆に広がる。しかし、ギョウチュウは、アレルギーを抑える物質をあまり出さないんですけど。

たけし ギョウチュウにとっては、おいらたち人間が、花粉を運ぶハチとかチョウのようなものなんだ。

藤田 寄生虫は賢いんですよ。寄生虫によってはね、泥を食べると感染する寄生虫もあります。泥の中に感染源がある。その寄生虫にかかると、土が食べたくなるんです。異味症という異常な味を求める病気があります。それは寄生虫のせいなんです。仲間を引き寄せようとして、人間に泥を食べさせるんです。

たけし　前にテレビの番組で、中国で泥ばっかり食べてるおじさんを見たことがある。奇人変人という感じで紹介されていたけれど、あれは寄生虫にかかっていたのかも。

藤田　寄生虫にはすごいのがいるんですよ。槍型《やりがた》吸虫という寄生虫は中間宿主がアリで、最終宿主が羊。アリの中へ幼虫が入ったら、アリをコントロールして、羊が一番好きな葉のてっぺんにアリを上らせて、羊にパッと食べさせようとする。羊の中へ入ると、槍型吸虫はようやく成虫になれるんです。寄生虫というのは、ものすごいコントロール能力を持っています。

たけし　寄生虫のその能力をちゃんと研究していくと、何か発明できそうですね。気がつかないうちに、そういう物質を食物の中に混入されると、本人の意図とは違って、それを食べたくなってしまう寄生虫食なんて開発されたら、かなり怖いけど。他にも、タマキンが大きくなる寄生虫もあるとか。西郷隆盛もそれですごく大きかったという。

藤田　私が整形外科の医師から、寄生虫専門になったのは、実はそれが原因なんですよ。

たけし　タマキンを大きくしようとしたんですか（笑）。

藤田　喜べるサイズじゃないですよ。モッコで担《かつ》がないといけないほど大きくなってしまう。五十年前は、鹿児島県民の約五パーセントがその寄生虫に感染していました。

たけし　百人に五人のタマキンがでかかったんですか。

藤田　いや、タマキンだけではなくて、足が太くなるとか、いろいろあるんです。フィラリアという寄生虫に感染するとそうなるんです。私は一九六五年に東京医科歯科大学を卒業した後、インターンの時、一九六六年に東京大学伝染病研究所の奄美《あまみ》群島フィラリア調査団に参加したんです。当時、柔道部にいたものですから、荷物持ちとして要請されて一緒に奄美に行くことになったんです。そこでビックリしたんです。足がすごく太い人がいる。感染した人たちは山奥のあばら屋に追いやられていました。蠟燭《ろうそく》一本で生活していて、かわいそうな話なんです。私は医学部を出たけれど、そんな病気があるとは知らなかった。ところが、そんな病気を相手にしていても、お金にならないから誰もやらない。そうしたら、団長が「藤田君は不器用で整形外科の医者に向かない。寄生虫をやったらどうか」と言うので、東大の大学院に進んでそっちの世界に行くことになったんです。

たけし　なんでそんなに膨れ上がるんですか。

藤田　犬のフィラリアは心臓に行くんだけど、ヒトのフィラリアは足の付け根の鼠蹊《そけい》リンパ節に行く。それでリンパ液の流れが一方通行になってしまうんです。陰嚢《いんのう》にリンパ液が流れていくけれど、戻らないから、陰嚢が膨れ上がってしまう。足でも同じです。足に流れたリンパ液が元に戻らないから、太くなってしまうんですよ。

たけし　ということは、ポコチンは大きくならない？

藤田　前のほうは陰嚢の中にだんだん沈んでいくので、おしっこする時は大変だと思いますよ。

たけし　ポコチンがカボチャのヘタ状態になってしまうんだ。

藤田　西郷隆盛は一時、奄美大島に流された時に、その病気に感染したと言われています。それで、西郷隆盛は陰嚢が大きすぎて、馬に乗れなかった。西南の役で西郷は自害する。死体には首がなかったが、それが影武者のものではないことは、下半身を見てすぐにわかったんです。検死官も、巨大なタマキンがあったから、「こりゃ、タマげたー」って（笑）。

サナダムシが出てきて、コンニチハ

たけし　その病気は今もあるんですか。

藤田　一九七八年に我々が感染をなくしました。フィラリアにかかると、寄生虫が血液中に子虫を産み、その血を吸う蚊を媒体にして感染が広がるわけです。ですから、その原因となる蚊をなくしたりして、感染を根絶したんです。

そうしたら、「おまえたち寄生虫の専門家はもう要らない」ということで、次々に大学からリストラされてしまいました。僕なんかは、不器用だから何とか寄生虫で食べていこうとして、海外の寄生虫を調べたり、寄生虫とアレルギーの研究をしたりしているんです。それでも、なかなか寄生虫の研究が理解されないので、サナダムシを飲んだんです。サナダムシは腸管を食い破るとか、寄生虫は身体に悪いとかいろんなことが言われていますが、その誤解を解こうと思ってやってるわけですよね。

たけし　サナダムシというのは、オペラ歌手のマリア・カラスが痩《や》せようと思って飲んだとか。

藤田　そもそもサナダムシは、そんな簡単には感染できないんです。サナダムシは、サケの中に感染幼虫がいる。サナダムシがヒトの身体の中で卵を産むでしょう。ヒトがウンコをして、川に流れて、それをミジンコが食べて、そのミジンコをサケが食べて、それを人間が食べないと感染しないんです。

たけし　サケまで行くのが大変なんだ。それもサケまで行って、そのサケを刺身で食わなきゃいけないわけですよね。

藤田　ところが、日本人は川でウンチしなくなったから、ヒトまで感染が回ってこないんです。だから、サナダムシの幼虫を採取するのは難しい。現在、太平洋から上がってくるサケは一匹も感染してないんです。日本海を回ってくるサケがわずかに感染しているのは、今でも北朝鮮がウンチを川に流しているから、北朝鮮の河口のミジンコがサナダムシの卵を持っている。日本海を回ったサケがそのミジンコを食べているんですね。

ところが、昔、日本人は結構、川でウンチしていました。だから、感染経路が回っていたんです。富山の鱒寿司《ますずし》で、よく感染したものです。あれはマスと言っていますが、実はサケ。今、全く感染しないのは、採れたサケを全部冷凍しているんです。冷凍すると、寄生虫の幼虫が死んでしまうんですね。

たけし　それで、サナダムシがお腹《なか》の中にいると、本当にものすごく痩せられるもんなんですか。

藤田　確かに痩せますが、日本産と外国産とでは違います。マリア・カラスは、六カ月で五十キロ痩せています。ところが、日本では、サナダムシで痩せたという記録がないんです。私も十何年、サナダムシを飲んでいますけど、一番痩せた時で三、四キロ。サナダムシがお腹の中で元気がなくなると、また太ってしまうんです。欧米とこれほど違いがあるのは、欧米人と日本人の体質的な差じゃないかなと私は思っていたんです。

ところが、私より変な学者がいましてね。今、島根大の副学長をしている山根洋右《やまねようすけ》（二〇〇七年、高知女子大学長就任）という教授ですけど（笑）。彼は日本産のサナダムシを飲んで二年間観察して、それを駆虫してから、今度はわざわざノルウェーへ行って、向こうのサナダムシを飲んだんです。そしたら、食欲は不振になるし、吐き気は出るし、貧血にもなってしまった。それで、どうも向こうのサナダムシと日本産は違うらしいということがわかった。日本産は非常に上手にヒトと共生しているから、食欲不振にならない。貧血も起こらない。むしろ食欲はものすごく増して、食べたくってしょうがない。ところが、向こうのサナダムシに寄生されると、食べられなくなってしまう。ゲーゲー吐いて、ものすごく痩せるわけです。私たちは、馬鹿《ばか》なことをやっているように思われるんですが、ちゃんと科学の進歩に寄与しているんです。

たけし　サナダムシもカイチュウのようにお尻から出てくることはないんですか。

藤田　私の腸は九メートルぐらい。サナダムシはすぐに十何メートルになりますから、ちょっとした拍子で出てくることはあります。トイレで「何だろうな」と引っ張ると、一メーターぐらい出てしまう。そんな時は「しまった」って。それをお腹の中に戻すには、私の場合は、パンツはかないで十八時間ぐらい立っていると、自然にお腹の中に戻っていきましたね。

たけし どこで実験したんですか(笑)。

藤田 たまたま大学のトイレで出てしまったんです。大学だったから、良かったんですよ。すぐに助手を呼んできてもらって、トイレの入り口に「故障中」と札を貼ってもらって、その中で十八時間頑張っていました。ただ立っていただけではなくて、本も三冊ぐらい読んで、ちゃんと勉強していましたよ。

たけし 先生の功績を世間が認めて、銅像が立つ時は、その姿しかない。パンツを下げたまま、尻からサナダムシが一メーターぐらい垂れ下がっている(笑)。でも、大学以外でも、サナダムシが出てきたことはないんですか。

藤田 いやいや、セブン-イレブンのトイレで出てきた時は困りました(笑)。二、三十分もトイレの中にいると、ドンドンと叩《たた》いてくるわけですよ。こちらは説明しようもないし、「ちょっと待って」としか言えない。ついにお店も怪しんで、警察官を呼ばれてしまったんです。もうしょうがないので、泣く泣くお尻から出ているサナダムシを爪《つめ》で切って、状況を説明して、「証拠物件、これです」と言って差し出しました。
たけし　サナダムシは切っても大丈夫なわけですか。
藤田　切っても、ミミズと同じように伸びるんです。
たけし　警察は驚いたでしょう。
藤田　「もう結構です」、「問題ありません」と。
たけし　その警察官、外に出てから絶対に「あれ、おかしいよ」、「関わらないほうがいいな」って言っていますよ（笑）。先生はもう何回ぐらいサナダムシを飲んでいるんですか。
藤田　今は五代目のマサミちゃんです。全員に名前をつけて可愛《かわい》がっているんですが、二年半が寿命ですね。でも、死んだ時はわからないんです。固まってウンコと一緒に出てくるから、いつの間にか流してしまっている。それでも、「いなくなったなあ」と何となく気づいて……、寂しいものですよ（笑）。

清潔好きがセックスレスを生む

たけし　地球規模の歴史で見れば、生物は寄生虫と共生していく中で、進化してきたという説もあるんですよね。
藤田　パラサイト仮説と言うんです。生物は、寄生虫にやられてしまう弱いような奴《やつ》は淘汰《とうた》されることで進化してきたという説です。鶏なんかも、鳥のカイチュウにやられると、とさかの色が悪くなって垂れるんですよ。雌はカイチュウにやられるような弱い雄とはセックスしません。寄生虫にやられても、それでとさかが変化しないような抵抗力のある強い雄がモテて、抵抗力の強い子孫が残されてきたわけですね。
たけし　おいらが、「身体《からだ》の中は寄生虫だらけだけど、病気は一切していない」なんて自慢しても、おネエちゃんたちは逃げちゃうだろうけどね（笑）。
藤田　今はそうですね。私も全然モテませんから（笑）。女性から「先生とセックスした時に虫が出てきたら、私、イヤだわ」って断られますから。
たけし　セックスの最中にお尻《しり》からサナダムシが出ていたら、それどころじゃないですよ。でも、先生は週刊誌の記事で「60代でもオンナを失神させます」と豪語している（笑）。

藤田 あの記事は大学の査問委員会に引っかかったんです。医学部教授の品位を落としたと（笑）。あれは正式な取材じゃなくて、飲んでいる時に「今の日本の男性どもは、情けない。セックスもできない」と話したのを記事にされてしまった。

たけし 確かに今の人はセックスレスですからね。

藤田 それでつい、「おれなんか失神させるよ」と言ったら、記事にされちゃった。そのまま出るとは思ってなかったですよ。

たけし 先生はお尻から出たサナダムシで女性の首絞めているから、相手が失神するんでしょう（笑）。

藤田 それは失神の意味が違う（笑）。

たけし セックスレスの話で言えば、この間、コンドームメーカーの調査で日本人のセックスの回数は年間四十五回で世界最下位。やっぱり、清潔好きと、性欲が衰えてくることとは関係あるんですかね。

藤田 関係あると思いますよ。種牛でも、小さな畜舎に入れておいたらセックスをしなくなります。それを一たん放牧すると、ものすごく元気になって帰ってきます。だから、私は今の日本人は家畜化しているのではないかと言っているんです。非常に弱くなっている。だいたいばい菌が汚いといったら、セックスほど汚いものはない。だって、お互いにおしっこが出るところを触ったりいろいろするわけでしょう。だから、汚いといえば、汚い行為ですよ。他人の持ったボールペンが汚いって言っている人は本当のセックスなんかできないですよ。

たけし　セックスの前に全身消毒したりしてね。

藤田　だから、きれい好きの社会というのは、セックスがだんだんできなくなる。修学旅行で銚子の浜での地引き網と東京ディズニーランドというのを二つちゃんと組み合わせて行った学校があった。地引き網で魚が出てきたら「怖い」って逃げちゃう。それでディズニーランドへ行ったら、今度は喜んで大騒ぎする。バーチャルな奴は平気だけど、ほんとうの生き物は怖いという。これは、きれい好きの社会が生んだ現象ですよ。

たけし　先生から見て男性のほうがダメになっていますか。

藤田　弱くなっているのは圧倒的に男性のような気がします。環境ホルモンの影響もあるでしょう。環境ホルモンは男性を女性化するわけですから。我々の時代と比べると、精子が半分ぐらいになっていると言われている。だから、弱くなっているのは男性だけど、「汚いのを怖がる」ということになると、男女どちらが怖がっているのかわかりませんが……。

たけし　結局、ばい菌や寄生虫は嫌われていて、罪があるように思えるけど、やっぱり人間が生きていくには、そういうものとも上手《うま》く付き合うことが大切なんですね。二十一世紀の新しい石鹼《せっけん》は、身体に必要な菌はそのままにする石鹼がいいんじゃないか。成分みると、ただの水で何も入っていない（笑）。

藤田　ウンチが流れている水が一番いいと思いますよ。

たけし　おいらが入っていた銭湯のお湯のように、ウンチを混ぜた水を売り出すわけか（笑）。

藤田　それはいいアイディアだと思うんです。化粧水なんかつけているからいけない。インドネシアのカリマンタン島で、ウンチが流れている川で泳いでいる子供なんか、ものすごくきれいな肌をしている。つるつるしている。だから、ウンチの流れている川で顔を洗うというのがほんとうは一番いい。

たけし　たけし印の「ウンチ石鹼」をテレビ通販で売り出してみようか。意外に売れて、おひとり様三コまでとかなったりして（笑）。

勝手に入ってくるならまだしも、自分でサナダムシを体内に入れるって、やっぱり

凄《すご》い勇気だよ。抗菌グッズの氾濫《はんらん》で、かえってアトピーとかがいっぱい出てるって言ってたけど、サナダムシを飲むより抗菌グッズの方がいいんじゃないか。藤田さんには申し訳ないけど、汚いのはガキの頃にもうさんざんやったから、やっぱりおいらは清潔を心掛けます。スイマセン（笑）。㊟

香りの達人 中村祥二

「国際香りと文化の会」会長

女性は香りで男を選ぶ

なかむら・しょうじ
昭和10年東京生まれ。昭和33年、東京大学農学部農芸化学科卒。同年資生堂に入社以来、40年以上にわたり香料の開発や研究に従事。現在、資生堂研究所香料顧問。

訓練次第でここまで嗅《か》ぎ分けられる！

たけし　今日は対談のお相手が香水とか匂《にお》いの専門家というので、身なりをどうしようかと思っていたんです。中村さんが香料顧問をされている資生堂のオーデコロンをつけていくのもわざとらしいしね（笑）。あと、靴下替えていなかったら、臭くて恥かいちゃうかなとか。おいらも、男性用コロンはこれでもつけるんですよ。一番よく使ったのはアラミスかな。あとエゴイスト（シャネル）とか、ブルガリとか。「つけてください」って、メーカーから送ってくるんです。漫才をやっていると楽屋があって、着っぱなしの衣装がつんどかれていて、すごい匂いがする。だから、せめてコロンぐらいはつけようと思っていました。

中村　アラミスはいい香りですね。あれは「レザー・タバコ」という特徴のある香りで、専門的にはシプレータイプの香りです（シプレーは香水の名。この種のタイプを代表する名称として使用されるようになった）。アラミスは場合によっては、女性がカジュアルな服装の時にちょっとつけるのも素敵ですね。

たけし　いくらいい香りのコロンや香水でも、結局は自分の匂いとミックスされるわけですよね。
中村　ですから、香りを選ぶ時は、パッと匂いを嗅いで決めることもありますけれども、できれば自分につけて、しばらくして嗅ぐのがいい。しばらくというのは、例えばデパートのカウンターで手の甲にちょっとつけてもらって、他の売り場をグルッと回ってきて、その間に嗅いで、良かったら買うのがいいと思うんです。そのほうが、肌というか、自分の体臭とマッチすることがわかります。
たけし　ちょっと香水をつけると言ってもね、素人《しろうと》だと、何種類もつけてもらうとわからなくなりますよ。
中村　普通の人ですと、三、四種類じゃないでしょうか。私たちの場合ですと、この指につけて、この指にもつけて……。
たけし　えっ、十指全部ですか。
中村　ええ、十種類ぐらいですね。あと足りなくなると、腕のほうにもつけます。
たけし　それが全部わかるんですか。
中村　わかりますね。
たけし　中村さんは、子供の頃から嗅覚《きゅうかく》が敏感な少年だったんですか（笑）。
中村　特にそうではなかったんですけど……。大学の時に醸造関係も勉強していました。それで、熟成に興味を持っていたんです。

たけし　なのに就職先はサントリーじゃなくて資生堂(笑)。

中村　いや、香水や香料にもお酒と同じように熟成という現象があるんですよ。ですから、そのほうの研究ということで、資生堂に行くことになったんです。

たけし　中村さんは普通の人から比べると百倍ぐらい嗅覚がするどいと以前、雑誌で紹介されていましたが。

中村　それはわかりません(笑)。

たけし　でも、何種類ぐらいの香料を嗅ぎ分けられますか。

中村　千五百種類以上は嗅ぎ分けることができますね。

たけし　どんな訓練をすれば、そんなことができるんです。

中村　訓練は、系統的に匂いを嗅いで覚えていくというシステムがあります。普通六百から八百種類ぐらいの香りを覚えます。それでは香りの種類が少なくて、香水を創《つく》れない、香水を創るためには千五百種類は必要だとか、中には二千五百種類は覚えなければならないとか、いろいろと言う人がいますけれど。

まず香料には天然香料と合成香料の二種類があって、それが香り別に系統的に並べられているんです。系統とは、例えば、柑橘《かんきつ》系ならば、レモン、オレンジ、マンダリン、ライムとかベルガモットなどが並んでいます。それから花の香りの系統だと、ジャスミン、ローズ、イランイランという花とか、ミモザといったもの。それから木の香りは木の香りでたくさんあるんですね。動物系は四種類だけで、ムスク（麝香鹿《ジャコウジカ》の雄から採れる）、シベット（霊猫《レイビョウ》から採れる）、アンバー（抹香鯨《マッコウクジラ》の腸内の分泌物《ぶんぴつぶつ》から採れる）、カストリウム（ビーバーから採れる）です。そういう系統別に香りを毎日嗅いでいくことで覚えていく。覚えるに当たって重要なのは記録することなんです。

たけし　どういうふうに記録するんですか。

中村　例えば、クミンというハーブがあります。その香りを表現する時に、どう書くか。私はニューヨークで香りの勉強をしたんですけど、私の先生は、クミンを何と表現したかというと、「underarm odor of sixteen years old girl」。つまり、十六歳の女性の腋《わき》の下の匂いと言ったんです。

たけし　どうしてその匂いを知っているんだ（笑）。

中村　だけど、そう表現すれば絶対忘れないですね。クミンには、本当にちょっとそういうイメージの匂いがあるんです。いや、私も嗅いだことがあるわけではありませんが（笑）。

たけし　要するに、自分の感覚をどう言葉に置き換えていくかということなんですね。

中村　今でも、できるだけそういうふうにしてます。例えば、葛《くず》の花があるじゃないですか。あれは紅紫色の花が咲くわけですよ。その葛の花を嗅いだ時に、書いておかないと忘れるんです。あれは「ファンタ・グレープ」そっくりの匂いなんですね。ですから、ノートに「ファンタ・グレープ」と書いておく。そうすると、忘れないですね。

たけし　それが分かるのは年代が限定されますね（笑）。

中村　若い人に言うと、「ファンタ・グレープって見かけませんよ」って言われます（笑）。

匂いは記憶を呼び覚ます

たけし　中村さんは嗅覚の世界の人間ですけれど、おいらは映画とか視覚の世界にいるでしょう。人間って、基本的に視覚でものを判断する。映画のセリフでも、「あいつ、どう見てもサラリーマンじゃないよな」「普通の格好をしていますけど、サラリーマンがあんな指輪していませんよ」とか、見た目で判断させる。でも、目が見えない座頭市《ざとういち》は、相手が百姓の格好をしていても、「あんた、お百姓じゃねえだろう」と言い当てる。手や着物が汚れていても、「お百姓の匂いがしないね」というセリフで、観客の視点をひっくり返す。匂いというのは視覚より下に思われているけれど、意外に人間の記憶の中の底辺には常に匂いがあるんじゃないかと思っているんですよ。

だから、何かを思い出すには匂いが一番強いんじゃないかと。ラスベガスに行くと、空港からホテルの受付、カジノまで全《すべ》て同じ匂いで統一されていて、頭が痛くなるほどです。

中村 それと同じ匂いを嗅ぐと、日本にいてもラスベガスを思い出すとか、そういうことが起こりますよね。

たけし そうなんですよ。人間が場所の説明をする時に、視覚的なことを言っていても、全部匂いがついて回っている。「浅草の路地にさ」と言った時に、そこには酔っ払いの小便の匂いがついている。やっぱり人間の記憶には匂いが欠かせない。

まだ羽田が国際空港だった時に、知り合いの外人さんが「羽田に降りた瞬間に泥臭くってたまらない」って言っていましたよ。羽田と泥の匂いが結びついている。

中村 泥臭かったんですか。

たけし 羽田の周りはドブ川ですから。上から降りてくると、飛行場の臭さが漂ってくるらしい。

中村　北海道の釧路《くしろ》の空港は、やはり空にいても匂います。あそこは漁港の近くなので、魚の干物みたいな、ちょっと生臭いような匂いが着陸《ランディング》する前から、ワァッと来ますよ。

たけし　ラスベガスもそうだけど、確かに飛行場っていうのは癖のある匂いがするところが多いかもしれないですね。

中村　ロサンゼルス空港は、いわゆるエアポリューションというか、すごい排気ガスの匂い。もちろん、特徴が強いところとそうでないところとありますけども、やっぱりそれぞれの飛行場の匂いというのはあるものですね。日本は概して外国人からはフィッシー（魚臭い）と言われますね。

たけし　場所だけではなくて、人に対する記憶も匂いと結びついていることが多い。おいらが子供の時は、うちの母ちゃんは、パンツじゃなくて、まだ腰巻だったんですよ。小さい子供が「母ちゃん」って抱きつくところって、ちょうど腰の下なんです。当時は銭湯行くと言っても、二日に一遍ぐらい。そうすると、おいらにとって母親の匂いというのは、そういう腰巻から漂ってくる非常に性的な匂いなんです。逆に父親の匂いというのは、ニコチンの匂いだったりする。今考えてみれば、自分の父親に限らず、当時の男の人は、皆、タバコの匂いがしていたんだろうけどね。

中村　実際、男性用コロンはタバコの匂いを使うんですよ。男性用は女性用と違って花の要素が少ないんです。花というのは大体女性的なイメージを持っています。男性用の場合は、タバコの匂いとか、革の匂いですね。タバコと革はとても相性がいいんです。ですから、アラミスの話にも出ましたが、香りの専門家の世界では、革とタバコをひと括《くく》りにして「レザー・タバコ」と表現するんです。大体男性用のコロンには、「レザー・タバコ」がちょっと入っていますね。あと男性用には、コケの香りとか木の香り、ハーブやスパイスの香りを使います。

たけし　中村さんの本を読むと、人間の体臭というのは変化するもので、緊張すると嫌な匂いを出すと言うでしょう。

中村　ええ、攻撃的な匂いを出すんです。だから大体嫌な匂いですね。皆さんもきっと経験していると思うんです。例えば、碁打ちの人に話を聞くと、どうしても勝ちたいという思いで人と対戦していると、対戦相手がその匂いに気づくと言います。

たけし　その「勝ちたい匂い」は、どこから出るんですか。

中村　それは腋の下や皮膚、体全体から出ていると思うんです。アドレナリンが出ると、その匂いが出るんですよ。戦闘的な、非常に獣《けもの》臭い匂いですね。一番それを経験するのは格闘技なんです。レスリングや柔道の選手は感じるようですよ。

たけし　臭そうですね（笑）。

中村　対戦していると、その匂いが臭くてたまらないらしい。結局勝つためには、力とか技とかありますが、動物というのは、匂いでも相手を負かそうとするわけです。それからアラブの国では、犯人を見つけるのに、この緊張から出る匂いを応用した手法を使うんですね。

たけし　どうやるんですか。

中村　犯人を当てるのが上手《うま》い女性の祈禱師《きとうし》がいるんです。被疑者を何人か捕まえてきて、一列に並べます。それで祈禱師が「これから犯人を当てるから」と言うと、真犯人はすごく緊張するらしい。そうすると、緊張から出てくる体の匂いで、犯人をパッと当てるんです。サル学で知られる世界的な人類学者の河合《かわい》雅雄《まさを》さんが実際にその様子をアラブでご覧になったそうです。そういう体から出る匂いというのは、普通の人でも隣に座っている人がすごく緊張しているとわかると思います。自分でも、とても偉い人と会う場面では、自分の体から出るそういう匂いを感じることがありますよ。

フェロモンはあるの？

たけし　女性を口説くのに、効き目がある匂《にお》いというのはないんですか（笑）。トリュフで女の人が発情するという噂《うわさ》も聞いたことがありますけれど。

中村　トリュフには非常に珍しい成分が入っています。トリュフは雌の豚が本能的に見つけるでしょう。あとは、訓練した犬が見つけられる。三つ目は小さなハエが上を飛んでいるらしい。それを手がかりに見つける。四つ目は人間でも匂いで見つけることのできる人がいるらしいです。トリュフの中の匂いの成分には、雄の豚の体臭の成分アンドロステノールが入っているんです。

たけし　発情した雄豚の匂いがするんですかね。

中村　いや、発情した雄豚というよりは、もともと雄の豚が持っている匂いなんですよ。だから、雌豚が本能的に見つけられるんだと思います。

たけし　ということは、異性を引きつける何かがあるってことですよね。

中村　そういうことですね。

たけし　動物には、そういう異性をひきつけるフェロモンがあることがわかっていますが、人間はどうなんですか。

中村　人の体臭にもアンドロステノールが含まれています。男性の体臭に多いですね。人のフェロモンが、本当にあるのかどうかっていうのはよくわかってないんです。現象的には見つけることが出来るので、私はフェロモンはあると思っていますけれども。はっきりとした物質やメカニズムがわかっているわけではないです。

たけし　おいらもキャバクラに行けば、現象的には見つけられる(笑)。先生の言う「現象的」ってどういうことですか。

中村　まずフェロモンの定義なんですが、動物の個体から放出され、同種の他個体に特異的な反応を惹《ひ》き起こす物質を言います。例えば「クマと人」や「犬と猫」ではダメ。人同士でなければならず、ある個体から出てきた化学物質が別の個体に伝って行って無意識のうちに生理的な変化を起こす、あるいは生理的な行動を起こさせる、その物質をフェロモンと呼びます。

そこで現象なのですが、寮や修道院で女性が同じ部屋に暮らしていたり、女性が多い家族だったりすると、月経周期が周りの女性と同調《シンクロナイズ》してしまう。なぜかというと、女性の腋の下の匂いがお互いに作用しあって、同調するからなんです。このことは日本でも観察されていたんですけど、外国で発見されて発表されました。日本では、こういう話は女性同士では交わされていても、男性の学者の耳に入らなかったんですね。

たけし　おやじの耳に入れたくなかったんだ（笑）。

中村　今の話は女性対女性でしたけど、男性の匂いが女性の性周期に与える影響というのもあります。女性というのは、月経周期の長い人もいるし短い人もいるけど、正常な場合は約二十八日なんですね。生理不順でその周期が乱れている女性の場合、男性の匂いによって性周期が整うことがよくあります。ですから、未婚の女性で性周期の乱れがある人がよくいますが、結婚すると整うんですよ。やっぱり男性と本当に身近な生活になりますから。

たけし　それは結婚して定期的にセックスするようになるからじゃないんですか。

中村　匂いの影響というのがある。ですから、現象面から見れば、フェロモンはあってもおかしくない。

たけし　旦那《だんな》が嫌になったら、また乱れちゃったりして（笑）。

中村　いわゆる男女の関係において、好みの相手を見つける時に実は匂いが重要な役割をしています。男女の相性と匂いについては、かなり研究されてきています。人の体臭と免疫《めんえき》機能というのは同じ遺伝子群、ＨＬＡというんですが、それが支配しているんです。自分と同じ匂い、つまり同じ免疫機能を持っている人には、好意を抱かないということがわかってきています。

たけし　それは近親相姦《そうかん》の禁忌《タブー》を犯さないためですか。

中村　そういう意味もありますが、体臭が違うというのは、お互いに免疫を支配するHLAの形が違うわけです。体臭が違う者同士が結婚した場合、二人の間には、両親とはかなり異なった立体構造のHLAを持った子供が生まれるんです。そうすると、新しく生まれたウイルスや変異したウイルス、病原体等の攻撃に対して、強い防御ができることになります。似たもの同士が結婚して、親と同じような構造を持った子供だと、それまでになかった変異した病原体に攻撃されやすい。つまり、免疫構造を進化させるために、人は子供を作る相手を自然に匂いで見分けているらしいんです。ところが、経口避妊薬を飲んでいると、その感覚が狂ってしまうと言います。ですから、女性がピルを飲んでいた時はある男性の体臭を好きだと思っていても、ピルを止《や》めると嫌になってしまうことがあるようです。

たけし　おいらはおネエちゃんが経口避妊薬を飲んでいる時は、やる気になるけど、ピルを止めた瞬間にやる気が失《う》せる。本能的に「危ない」って思って、別れようとするな（笑）。

中村　ですから、匂いというのは、非常に奥深いんです。大体動物の世界を見ても、雌が雄を選ぶでしょう。やっぱり女性は産む性だし、そういう点は非常に敏感だと思います。実は、こういう一人一人の体臭が違うことを利用して、活躍しているのが警察犬です。訓練された警察犬は、犯人の靴裏からしみ出た汗の匂いを追えます。一緒に捜査している警察官も靴の下から汗の匂いを出しているのに、それを区別できるのは、まさに体臭が一人一人違うからなんです。体臭というのはアイデンティティで、その人だけのものなんですよね。

たけし　指紋みたいなものですね。

中村　その通りですね。臭紋とも言えるかもしれません。匂いは一人一人みんな違います。これは人間だけに備わっている機能ではありません。アフリカの大草原で野生の牛のヌーが群れをなしていても、親は子供というのが匂いでわかるんです。だから親は、産み落としたばかりの子供の匂いを嗅《か》いでいますよね。同時に子供にも親の匂いを嗅がせています。

日本人と西洋人との匂いの違い

たけし　その原理を利用したら、面白い。今、掌紋を使って照合するATMがあるじゃないですか。あれと同じように匂いで照合するATMって、どうかな。でも、その横でおならされたら、作動しなくなったりして（笑）。そういえば、年取ると同じ個体でもまた匂いが違ってくるんですよね。年寄りの匂い、加齢臭というのがあって、その原因物質を発見したのも中村さんたちと聞きました。でも、おいらは、加齢臭を取る香水なんかあっても、「何だ、このおやじ、わざわざジジイ臭を取る香水なんかつけやがって」と思われそうで嫌なんです。

中村　加齢臭を消す匂いというのはあるんですが、そういう香水は作らないんですよ。たけしさんの言うように、その匂いをさせると、いわゆる加齢臭を消すために、あの香りをつけているんだなということがわかってしまうからですね。

たけし　シークレットブーツみたいなものだね。ばれたらすごく格好悪い。でも、資生堂で現役の時は、加齢臭を抑えるような商品も作っていたとか。

中村　あれは香水ではなくて、加齢臭対策のボディソープとかシャンプーとかリンスですね。

たけし　動物の世界でも、例えばライオンは加齢臭のするシマウマを追っかけているんじゃないのかな。年寄りだと早く逃げることができないからね。

中村　それはわかりませんが（笑）。

たけし　男性用化粧品なんか特にそうだけど、日本人は比較的に無臭のほうがいいという傾向もありませんか。

中村　両極あると思います。匂いがしないほうがいいと言う人と、香りを楽しみたい、香りを使いたいと言う人もいるんですね。匂いのないほうがいいと言うのは、日本人の場合、体から発散するものは、どんなにいい匂いでも体臭の一つと考える人がいるわけですよ。ところが、香りを楽しむほうの人にすれば、香りは自分の一つのステイタスシンボルだとか、お洒落《しゃれ》だとか、それから変身という意味もあるんですね。香りをつけると、昨日とは違う自分が演出できますから。そういうトランスフォーメーションは香りの重要な役割です。最近は、香りをつけると気持ちが落ちつく、あるいはちょっと元気になるという意味でも関心を持つ人が増えていますね。

たけし　アロマテラピーとかね。

中村　そういうことが流行《はや》って、香りの使い方の幅が広がってきています。

たけし　西欧人と日本人との違いもないですか。西欧は狩猟社会で、獣を獲《と》る時に、匂いに敏感でなければいけなかった。それと比べれば、日本人は農耕社会で西欧ほど嗅覚《きゅうかく》に敏感でなくてもよかった。だから日本は西欧より嗅覚を重視しない社会であるとはいえませんか。

中村 そもそも日本には、気候や風土的に言って、香りの強いものが少ないんですよ。例えば、昔はスギとかヒノキとか、クスがいい香りだとされてきました。それぐらいで、万葉集の四千五百余首ある中で、花の香りを歌ったものは二首しかありません。梅と橘《たちばな》のそれぞれ一首です。あまり香りの強い花というのもなくて、キンモクセイなんかは中国から来たものです。それから強い匂いを出す動物もいないので、西洋に比べれば、比較的に匂いを気にしなくてもいい社会だったかもしれませんね。

たけし 体臭も日本人は強くないですものね。

中村 匂いを出すアポクリン分泌腺《ぶんぴつせん》の分布が異なるために、東洋人、黒人、白人では体臭が違うんです。体臭の強さは黒人が一番強くて、次が白人で、東洋人は弱いんです。東洋人の中では日本人が強くて、中国人、韓国人の順なんですね。

たけし 東洋人の中では日本人は強いんですか。中国人より日本人のほうが臭いんだ。

中村 中国人といっても、厳密には漢民族であることが多いんですけど。アポクリン分泌腺から見ればそうなります。ただ、食習慣とか、お風呂《ふろ》にどれだけ入るかとか衛生習慣も影響しますから、実際にどのくらい匂うかは別ですけれど。

ヨーロッパナンバーワンのシャネル五番

たけし　中村さんの仕事はいろんな匂いや香りを知って、それで香水を創っていかなければならないから、大変ですね。

中村　香りというのは、先ほども話しましたが、系統別に覚えていくわけです。しかし、香りを覚えるのは、言ってみれば、英語の単語を覚えるみたいなもの。単語を覚えても文章を読めないでしょう。それから作文もできない。それと同じで、香水を創る時は、香りを覚えるだけではなくて、それをどう組み合わせて、ある種の香りを創っていくかということが重要です。それも人に好まれる香りとか、いい香りを創るのは割にやさしいです。けれども、そういういい香りであって、しかもこれまでにない匂い、オリジナリティのある匂い、そういうものを創るのがなかなか難しいんです。いいパフューマーというのは、いつでも新しい香りを創りたいと思っています。シャネル五番という香水は、一九二一年に発売されたんですけれど、今でもヨーロッパではナンバーワンの売れ行きで、新しい香水でもかなわない。アメリカでも三番目ぐらいの売れ行きです。それだけロングセラーで完成度の高い香水なんですね。

たけし 八十年以上、香りは変わっていないんですか。

中村 シャネル五番は、よく分析してみると一九二一年当時になかった合成香料が入っています。それでも、シャネルはやっぱり偉いと思うんです。八十年前とできるだけ同じような香りを忠実に創る努力をしています。香水によっては、昔と成分が明らかに違うということが随分とあるんです。それは、もう原料の香料が手に入らなくなってしまったり、なかなか高くて使えなかったりという理由で、変わってしまうんです。

たけし ワインのビンテージと同じで、一九二一年製のシャネル五番は何千万円するとか、そういうことはないんですか。

中村 古い香水というのも、ときどき出物があるんですが、匂いは変わってしまっています。ただ、それはそれとして貴重な物であることは確かです。

たけし やっぱり匂いは変わるんだね。

中村 ええ、何年も経《た》つと、やはり匂いは変わります。

たけし ワインもすぐ飲むんじゃなくて、瓶を開けてからしばらく置いておくじゃないですか。それと同じように、瓶開けて三十分ぐらいしてからいい匂いが出てくるとか、逆に二時間で消えてしまうとか、そういうのがあると面白いですよね。

中村　そういう香りだったら今すぐ創れますよ（笑）。例えば十分間で香りが飛んでくれとか、一時間で香りがなくなってくれとか言われれば、注文に応じることは可能です。よくマーケティングの人が、「もうちょっと香りが長引く香水を創ってくださいよ」とか言うんです。すぐ香りが飛んでしまったら物足りないから。だから「どのくらい、十年ぐらいでいい？」なんて私が言うと、黙ってしまいますけど（笑）。まあ大体、香水の香りが持つのは一日です。翌日には持ち越さないほうがいいですね。ナポレオン一世の皇后ジョセフィーヌは、ムスクの香りがとても好きで、彼女が住んでいたシャトー・ドゥ・マルメゾンは彼女の死後も、ムスクの香りが四十年間消えなかったそうです。

たけし　それはすごいな（笑）。

中村　それで、普通の人は匂《にお》わなくても、私だったらわかるかなと思って行ってきたんです。マルメゾンはパリの西の郊外にあって、観光客も少なく、ゆっくりと見られたんですけれども。

たけし　それで匂ったんですか。

中村　ゆっくり嗅いできたんですけど、やっぱり匂わなかったですね（笑）。

たけし　そこで匂ったら、警察犬の生まれ変わりだ（笑）。

中村 ただムスクというのは香りにすごい持続性があります。十二世紀に建立《こんりゅう》されたイランのタブリーズにあるモスクは、漆喰《しっくい》にムスクが練り込んであって、朝日が当たると今なおムスクの香りが漂うと言います。それにはいろんな意味があって、香りによってそこをいつでも清らかなものにしておきたいとか、あるいは神に捧《ささ》げるとかね。神様の食べ物というのは香りという考え方もあるんです。だから人が香木を焚《た》くと、その煙と共に自分たちの願いが天上の神に届くというわけです。

たけし 浅草寺なんか行くと、線香をいっぱい焚いて、わけもわからず煙を体にかけているジイさん、バアさんがいるけど、あれは健康によくないよね(笑)。

中村 あれは「清める」という意味があります。十二世紀の十字軍遠征の時に、エルサレムにあるモスクがキリスト教徒によって占領されました。その後、イスラム教徒がまた奪い返すわけです。取り返した時に何をしたか。イスラム世界ではバラを非常に重要視していて、バラ水をラクダ数百頭で運んで、そのバラ水でキリスト教徒に占領されたモスクを清めたんですよ。そうすると異教徒の穢《けが》れが消えるわけです。ですから、香りというのは、神に捧げるとか清めるとかという意味があるんですね。

パフューマーに挑戦

中村　今日はムスクの主成分をここに持ってきているんです。ムスクからこの主成分ムスコンを発見したこと等で、スイスの有機化学者、L・ルジチカ博士は一九三九年にノーベル化学賞を取りました。それほどの業績がこのムスコンには秘められているわけです。例えばバラの香りを分析すると六百種類ぐらい成分が出るんです。ムスクもそうで、たくさんの成分が出るんですけれども、このムスコンがムスクの中に含まれている最も重要な成分なんです。(匂い紙という細長い紙の先を瓶の中のムスコンに少し浸して、たけし氏に渡して) いかがですか。どう感じるか人によって違うんですが。

たけし　これは、ひとり暮らしの女の部屋の匂いだね(笑)。

中村　その表現はすごいですよ！　これを部屋に置いておくと、部屋の中が粉っぽいような女らしい感じがするんです。それと部屋が暖かくなったような気がするはずです。そういう匂いを持っています。「ひとり暮らしの女」という表現でノートに書いておけば、この匂いはもう忘れません。

たけし　地方から東京の大学に来た寂しい学生にプレゼントして、これで落ち着かせるのはどうかな。ひとり暮らしの女の匂いじゃ、かえって興奮して、荒れ狂っちゃうか（笑）。

中村　こういう持続性のある香料と白檀《びゃくだん》や樹脂の香料を配合すると、出来上がった香水はつけてから十日も二週間も持ったりします。バラの香りも持ってきていますが、嗅《か》ぎますか。

たけし　それは是非、嗅いでみたいですね。

中村　ブルガリアのバラで「ブルガリア・ローズ」と言います。

たけし　そのまんまの名前ですね（笑）。（匂いを嗅いでみて）これは文句なしにバラの香りだね。

中村　花の香りだからといって、ただ単純に清純だとか上品だとかというのではなくて、花は花でセクシーな香りがするんですね。この中には、面白い匂いがあって、ちょっと磯臭《いそくさ》いにおいがしませんか。

たけし　おいらは、なんか食虫植物って、こんな匂いを漂わせているんじゃないかみたいな感じがしました。バラから採取するといっても、具体的にはどうするんですか。

中村　ブルガリア・ローズの場合は、こういう丸い大きなタンクに詰めて、そこに水を入れて蒸留します。そうすると、香りの成分が水蒸気と一緒に上がってくるわけです。その蒸気を冷やして溜《た》めると、水より軽いローズオイルが上に浮きます。その上の部分を集めたものが、この香料です。香料を一グラム採るのに大体、私の計算ですと花の蕾《つぼみ》が千四百十個ぐらい必要になります。ですから、一キロの香料を採るのに、百四十万から百五十万個摘まないと採れないことになります。

たけし　このムスコンは合成香料なんですよね。

中村　科学の進歩のおかげで、これは完全に合成したものですよ。天然のものは全く入ってないです。

たけし　天然ものだといくらぐらいするんですか。

中村　ムスクは、雄の麝香鹿《ジャコウジカ》の下腹部についている香嚢《こうのう》から取ります。香嚢というのは、ピンポン玉よりちょっと大きいぐらいの匂いを出す袋で、私が前に研究室で買ったものでは、そのピンポン玉一つで十五万円ぐらいしました。それから香料を抽出すると、ずっと量が減るわけです。ムスク一キロ採るのに、どれだけ香嚢が必要なのか……。私が知っている範囲ですと、ムスクの天然香料で高いものはキロ八百五十万円ぐらいでした。今はワシントン条約の規制があって、お金をつんでもなかなか手に入れることができなくなっています。

それで今、一番困っているのは、薬の業界です。ムスクは非常に薬効の強い漢方薬です。後漢時代の「神農本草経《しんのうほんぞうきょう》」によると三百六十五種類ある漢方薬は上薬、中薬、下薬に分かれます。上薬というのは、長期間飲んでも害がないし、不老長寿をもたらすと言われているものです。ムスクというのは朝鮮人参《にんじん》と並び、その上薬の中でも上。ムスクが配合された薬として有名なのは、強心剤の六神丸や小児五疳薬《しょうにごかんやく》の宇津救命丸ですね。私も天然のムスクの効果を知りたくて舐《な》めたことがあるんですよ。

たけし　来ましたか（笑）。

中村　来ましたね（笑）。どういうふうに来たかというと、ちょうど寒い日だったんですけど、体全体がウワーッと温かくなるんです。心臓も鼓動がドクンドクンドクンと激しくなる。

たけし　それはやばいじゃないですか（笑）。

中村　ですから、強心剤の作用があるんですね。

たけし　匂いもさることながら強心剤にもなるとは、ムスク恐るべし。今日は勉強になりました。おいらもおネエちゃんから「別の女のところに行ったでしょう」とか言われたら、「これは、おいらの息子ン《ムスコ》の香りだよ。嗅《か》いでみる？」って言ってみよう（笑）。

千五百種類以上の香りを嗅ぎ分けられるって言ってたけど、一つの感覚を研ぎ澄ませていく時の人間の力って凄《すご》いよね。今の世の中、なんでもコンピューターに頼ったりする。確かに情報検索とか単純計算なんかはコンピューターには絶対に敵《かな》わないけど、そのコンピューターを作ってるのは人間なんだし、匂いとか視覚とか感覚的なものに関しては、絶対に人間を超えることはない。やっぱりまだまだ人間も捨てたもんじゃないね。㋟

競馬の達人 岡部幸雄 元騎手

超一流馬の見分け方、教えます

おかべ・ゆきお

昭和23年群馬県生まれ。昭和42年3月に初騎乗。シンボリルドルフで無敗の三冠を達成するなど日本を代表する騎手だったが、平成17年3月に騎手生活を引退。

競走馬はゴールが分かるのか

たけし　岡部さんは三十八年間も騎手をやってきて、二千九百四十三勝（一万八千六百四十六戦）という前人未到の記録までつくっている。だから、何か年上の感じがしていたけれど同世代なんですね。むしろ、おいらのほうが一つ年上。今日、岡部さんと対談することをタレントの田中義剛《よしたけ》に話したんですよ。そうしたら、田中は北海道に牧場を持っているくらいだから、すごく羨《うらや》ましがって、「岡部さんに是非聞いてくれ」と言われた質問があるんです。競走馬は自分でゴールに入ったことが分かるのか分からないのかということなんですが（笑）。

岡部　馬は自分でゴールに入ったことは多分分からないと思います。乗っている騎手の合図で分かるわけです。常時同じ競馬場でずうっと走っている馬は、もう自然と「ああ、あそこ行ったらレースが終わるんだな」というのは分かると思いますが……。競馬場によって、左回りで走るか右回りで走るかも違いますし、コース自体も違うところを走っているわけですから、そうなるとゴールに入ったかどうかは乗り手の合図がないと分からないでしょうね。

たけし　馬も右回りか左回りかで得意不得意があるんですか。

岡部　ありますね。日本に限らず外国の競馬場でもそうなんですが、もう線を引いたように綺麗《きれい》にコースができているところは少ないんです。少しいびつだったり、斜めだったり、そういう状況のところが結構多い。それに日本の場合には右回りも左回りもあるので、どうしてもコースによって得手不得手は出てきます。もっとも、アメリカのコースは、どこへ行っても全部左回りなんです。また、日本もアメリカも、ダート（砂のコース）とターフ（芝のコース）と両方あるんですけれど、競馬の歴史が長いヨーロッパの場合は、大体メインは芝生のコースですね。

たけし　日本の競馬は戦前からあったんですか。

岡部　明治になる少し前からですね。西洋式競馬が始まったのは、イギリス人が持ち込んだっていうことになっています。

たけし　岡部さんの時代は、馬事公苑《ばじこうえん》に競馬の学校があったわけですね。何期生になるんですか。

岡部　僕は十五期生ですね。

たけし　そうか、福永洋一さんや柴田政人さんといった錚々《そうそう》たるメンバーと同期なんですよね。あそこは何年行くんですか。

岡部　我々のときは二年だったんです（現在は三年）。

たけし　岡部さんは子供の時から騎手を目指しているんだけど、騎手なんか、おいらの子供の頃には見当もつかない世界でしたよ。憧《あこが》れの職業といえば、野球選手しか頭になかった。

岡部　うちの祖父が昔でいう「馬喰《ばくろう》」みたいなことをやっていました。生産地から馬、農耕馬や競走馬を買ってきたりして、それを育ててまた売ったりしていました。そういう環境にあったものですから、中学生の時に騎手への道を考えたんです。

たけし　おいらはたまに役者をやるでしょう。その時に馬に乗ることもあるんだけど、もうはなから馬鹿《ばか》にされていますね。おいらが「馬は怖い」と思っているのがわかるらしい（笑）。

岡部　犬でもそうですが、動物の勘はすごいです。特に馬は人間の気持ちを察知するのにたけています。

たけし　おいらが乗るとジロリと睨《にら》むんです。基本的に馬は人が乗るのを嫌がるんですか。

岡部　本来は、人間など乗せず、ぶらぶらしてるほうが好きでしょう。それを人間が飼いならして乗れるようにした。それから今度、競走させるため、どんどん速い馬をつくろうとして、改良に改良を重ねて、サラブレッドをつくったわけですから。

たけし　サラブレッドの父系をたどっていくと、たった三頭の馬に行き着くんですよね。

岡部　ええ。ヨーロッパの馬と、アラビアからの馬を配合した馬を交配して、それをさらに優秀な成績の牝馬《ひんば》と交配させて、徹底して速い馬を作り上げた。それがサラブレッドです。

種馬として成功する馬とは

たけし　田中の話では、サラブレッドの交配は血統が近いもの同士を掛け合わせていくわけですが、違う血がちょっと混じるだけで、桁違《けたちが》いに速く走る馬が誕生するんだというんですよ。

岡部　そうとも言えないのが、血統の難しさです。近親の血統の馬同士の間から、いい馬が出ることもあるし……。

たけし　競走馬の場合、種付け料が高いばかりか、子供ができてもできなくてもお金を取られてしまうとか。

岡部　競走馬の種付けは子供ができるかできないかは関係ないですね。サンデーサイレンス（二〇〇五年の三冠馬ディープインパクトの父。現在の強い馬は、この馬の系統が多い）は、もう死んでしまいましたが、何千万円という種付け料でしたよ。

たけし　田中が競走馬の種付けを見せてもらった時の話では、何千万円という種付け料だったから、こぼれた精子ももったいないので人間が手ですくって、牝馬の膣《ちつ》の中にもどしたって（笑）。そうやって牧場で生まれた子馬が競《せ》り市に出て、馬主さんが馬を買う。素人目《しろうとめ》には体格がいいのが、いい競走馬になると思ってしまいますが。

岡部　一番重要視されるのは血統のように思います。競り市でもファミリーのいい血統は高いです。どんなにすばらしい体をしていても、そのファミリーを見て、「成績をあまり残していないファミリーの系統か」となったら、ゼロが一個違ってしまう世界です。

たけし　体つきが良くても、ファミリーが良くなければ、やはり足は遅いものなんですか。

岡部　やっぱり血は出てきますね。見た目よりも血統で判断したほうが将来性を期待できる確率は高いんです。

たけし　ダービー馬が引退して種馬になりますが、血統が良くて強ければ、種馬として成功するものですか。

岡部 種馬も現役時代に成功して、繁殖に入ってからも成功するのもいるし、全然ダメなのもいるし、いろいろですね。いくらすばらしい血統で、種馬として価格的に億の値段で購入しても、生まれた子はレースを一回も走らなかったとか、もう一勝もできなかったとか、いっぱいありますよ。牝馬が気に入らないから、やろうとしない種馬もいますからね。

たけし 交尾をするのが嫌いな馬もいるんですね。でも、サンデーサイレンスなんかは、多くの子供を残した。あの馬は種付けが好きだったんだ（笑）。

岡部 あれだけ成功するということは、それなりには（笑）。サンデーサイレンスはアメリカから輸入した馬ですが、アメリカでもダービーに勝ったりしているものの、評価はそんなに高くなかったんです。一緒に走っていたイージーゴーアーという馬のほうが、血統的には評価されていました。ですから、サンデーサイレンスの最初の競りの値段なんて、二万ドル台ですから。すごい安馬なんです。そのサンデーサイレンスを社台ファームが当時とすれば破格の値段で輸入しました。競馬関係者は「あんな高い値段で元が取れるのか」と言っていたんですが、日本に来たら、種馬として大成功したんですよ。

たけし　そういえば、今の競馬のテレビゲームは、自分で馬の血統をかけあわせて競走馬をつくるところから始めるんですね。ゲームとはいえ、なかなかよくできている。

岡部　今の若い騎手たちに、「最初、競馬は何で知ったの」と聞くと、「テレビゲーム」と答える人が多くなったようです。我々の時代とは、もう全く違います（笑）。

たけし　騎手には割合に二世も多い。福永祐一《ゆういち》さん（父・福永洋一）もそうだし、武豊さん（父・武邦彦、現調教師）もそうですよね。馬と同じように、やはり血統があるのかな。

岡部　現代は、馬と一緒の環境に接することができる人間が限られるようになってしまったからでしょう。馬というものが身近なものではなくなってしまっている。今、北海道へ行っても、馬に触ることのできる環境にいる子供たちは、ごく一握りしかいませんよ。二世騎手の人たちは、そういう環境にいますから、競馬の世界に入って来やすい。

たけし　岡部さんの息子さんはどうなんですか。

岡部　全然別の世界に行っています。馬に触ったこともありません。いいのか悪いのか、そういう時代なんですね。本人が騎手になると言えば、「じゃあ、やってみな」と言ったかもしれないですけど、やるとも言わなかったですから。

たけし　騎手はなってからも大変だからな。ああした世界は先輩後輩関係も相当きつかったんじゃないですか。

岡部　今はそうでもありませんが、昔、我々の売り出しの頃はすごかったですね。馬を降りてからも厳しかったけど、馬に乗っている時でも、怖くて隣に行けなかったです。もう見えないところにいるしかなかった。隣に行ったら絶対何か言われる。もう競って、中に行ったら怒られちゃいますから。「ばかやろう！　何で来るんだ！」とか言って（笑）。

たけし　どこの世界も同じだね（笑）。おいらの場合は、勝ち負けというのは、客にうけるかうけないかでしょう。演芸場で先輩の芸人より先にお客を盛り上げてしまう。そういうのを「お客を混ぜちゃう」と言うんですけど、「あんなに混ぜやがって」と言われる。「おまえの後だと、やりづらくてしょうがない、おまえは俺の後から出ろ」とか言われましたよ。

岡部　でも、今は廏舎《きゅうしゃ》の制度自体が変わって、そういう「縦の世界」の関係が薄くなりました。フリーの騎手が増えて、廏舎に所属する騎手が少ないので、昔あった徒弟制度というものが崩れていますね。徒弟制度があれば、義理でもあいつに乗せてやろうということがありました。また、我々のころは廏舎に所属していれば、馬主さんとも身近な関係にあったので、「いいよ、俺の馬に乗りなよ」と言ってくれる人が随分いたんです。今はなかなかそんな時代じゃありません。馬主さんや調教師も実力あるフリーのジョッキーに頼みますから、若手には厳しい時代ですね。「新人騎手だけど、もう腕は一流だ」ということでなければ、ダメな状況ですから。

たけし　今の若い人は身体《からだ》も大きいから減量も大変なんじゃないですか。競馬は馬の年齢・性別によって、負担重量（騎手の体重や鞍《くら》の重さを含めた、馬が背負う重量）が決められている。岡部さんも体重を維持するために食事制限はしたんですか。

岡部　いや、私の場合は、身体がそれほど大きくなくて、幸いにも食事制限をしなくても体重は維持できました。そもそも「十三、四歳ぐらいになっても身体が大きくならなかったら、騎手を目指そうかな」と言っていたぐらいですから。ただ、我々が乗り出した頃から見ると、負担重量は上がっています。もう三キロ、四キロは変わっているんです。一番若い馬（二歳馬）で五十三キロから五十四キロ。我々の時は三歳馬（以前は数え歳《どし》で数えていたので現在の二歳馬）は、五十キロですから。それで最初、馬に乗り出す時には三キロ減量がありますから（新人騎手は同一条件でレースを行なうと不利になるため、減量の特典が与えられる）、四十七キロで乗らなきゃいけなかった。ということは、鞍の重さをそこから差し引くと、体重を四十五キロにしないと馬に乗れない時代だった。今はそれでは身体の規格が合う人はいないですね。

たけし　身体は大きくなくても、腕力は必要なんですか。よく「豪腕何とか」と言われるジョッキーがいますけれど。

岡部　そういう人たちでも、そう見えるだけで、実際には力がありません。騎手には腕力は必要ないんです。腕力のある人は、技術よりもむしろ力に頼ってしまうから、あまりよくない。昔、タケシバオーという気性の勝った馬がいて、いろんな人が乗っていたのですが、みんななかなか乗りこなせない。結局一番乗りこなしたのは、私たちの大先輩の古山良司元騎手で、ほんとに筋力の少ない方のように思えました。それで、天皇賞にも勝っているんです。

レースでは馬に嫌な思いをさせない

たけし　岡部さんの勝ったレースをビデオで見ていると、岡部さんがどこにいるか、最後の直線になるまでほとんどわからない（笑）。絶対目立たないように馬群に入っていて、何気なく四コーナー回って、直線に入った時にいいところに来ている。あれはやっぱり駆け引きなのかなと思ったんですが。

岡部 もちろん、駆け引きはものすごくあります。しかし、いかにその馬の機嫌を損ねないで上手に走れるかというのが大切なんです。逆に、馬が嫌だとへそを曲げたら、もう人間サイドがどうしようが、テコでも言うことを聞かないですからね。馬って、ものすごく記憶力のいい動物なんです。競走馬の一生は最初のレースだけで終わるわけではないので、一回目のレースにしろ、二回目にしろ、だんだん少しずつレースを覚えていって、先々よくなるように走り方を教えなくてはいけません。馬は一度嫌な思いをすると、それを忘れません。次のレースで嫌な思いがよみがえって恐怖心が出てしまうともうダメです。普段の稽古《けいこ》ではすばらしいタイムを出していても、実戦に行ったらまったくダメになる馬がいるんです。ですから、新馬戦はとにかく嫌なイメージを馬に与えないように注意しますね。馬が拒否反応せずに上手に走れる気分にして帰ってくることが一番大事なんです。調教師や馬主さんによっては、「勝ち負けよりも、とにかく上手な競馬してくれればいいんだよ」って言ってくれる方がいて、それが騎手にはありがたいんです。

たけし 馬主さんからすれば、やっぱり一日も早く勝ってほしいと思うんでしょうけれどね。

岡部 それはもちろん。それで一着になれば一番いいんですけど、なかなかそうはいきません。
たけし　プロボクサーでも、世界チャンピオンをつくろうと思ったら、自信をつけさせるために最初は弱い相手ばかりとやらせるらしい（笑）。でも、競馬は、同じ歳の馬同士で走らされるし、相手を選べないから大変ですよね。
岡部　ええ。それに馬同士にもライバル関係はあるんです。「俺はおまえにかなわない」という感情が絶対にあります。レースに行って、例えば直線で一緒に二頭で並んでいても、相手の馬に寄っていけるような馬は、「俺のほうが強いんだ」という闘争心がある。闘争心がなくなると、相手の馬から離れます。レースを見てもらえば分かりますが、並んで走っていて、負けた馬というのは絶対に途中で相手の馬から離れていますよ。
たけし　相手の馬から睨まれたら、すくんじゃう（笑）。
岡部　馬にも格というのがあるみたいです。私がシンボリルドルフ（昭和五十九年の三冠馬、十五戦十三勝）に乗っていた時のことですが……。
たけし　岡部さんはシンボリルドルフが史上最強馬だろうと言っていますよね。
岡部　その頃、昭和五十九年と昭和六十年に二年続けて、シンボリ牧場から出たシンボリルドルフとシリウスシンボリがダービーに勝ちました。しかし、同じチャンピオンになった馬同士でも、牧場で一緒に調教してみると違うんです。シリウスはルドルフに対して引いてしまうんですよ。そのシリウスも、他の馬とやると「俺の天下」といった感じで、ふんぞり返っている（笑）。そのぐらい格の違いがあるんです。

たけし　相手によってそんなに変わるんだ。

岡部　「俺はおまえにはかなわない」というのがもう分かるんですね。ですから、常足というか、牧場の中で普通に歩いている時でも、ルドルフは親分。先頭にいて、シリウスがその後ろに来る。ルドルフがちらりと後ろを見ると、シリウスが止まる（笑）。それぐらい馬の中の序列は、もうはっきりしています。

たけし　人の場合だと十人十色って言いますけど、馬でもやっぱり全部違うんですね。

岡部　性格から何まで全部違いますよ。世話のやけるのもいるし、利口なのもいますしね。

たけし　GⅠクラス（トップクラスの馬が競う重賞レースは、順にGⅠ、GⅡ、GⅢに格付けされている）の馬というのはやはり頭がいいんですか。

岡部　GⅠクラスに行く馬というのは、集中力もそうですけど、自分のやるべきことがある程度わかっています。記憶力がすごくいいし、レースでも自分の得意な走りが出てきますね。

強い馬は小さくても大きく見える

たけし　賢い馬というのは、やはり顔つきも違うんですか。

岡部　目や耳の位置、顔のバランスがいいんです。あんまり顔がでかい馬は、我々の世界では、「頭が重い」とよく言うんです。顔の小さな、「頭の軽い」馬は、走る時に体全体を使って、すごく伸縮力があるんです。頭の位置からして、名馬というのは、すごくバランスが取れていますよ。それに、いい馬は皮膚が薄いんです。これは先天性のもので、ルドルフの話をすると、高級和紙を触っているような感じです。馬は皮膚呼吸するので、そういう馬は新陳代謝がいい。逆に、よく「皮膚が厚い」という言い方をするのですが、そういう馬は新陳代謝が悪くて、体が弱い。特に夏に弱くて、夏負けしてしまいますね。

たけし　よく馬の体調を見る時に「毛づや」のことを言いますが、毛づやと皮膚はまた別ものなんですか。

岡部　結局は同じことです。毛づやというのは、皮膚のつやだと考えてもらえばいいです。人間でもそうですね。お相撲さんでも、調子のいい関取は皮膚のつやがいい。

張りもいいし、大きく見えます。馬もまったく同じです。今、話題になっているディープインパクトでも、四百四十キロぐらいの馬で決して大きくはないのですが、我々が見ても、「この馬は四百四十キロの馬じゃないよ、もっと重いだろう」と、そう思えるんです。強い馬は、小さくても大きく見えます。

たけし　超一流馬には一種のオーラがある。

岡部　そういう馬たちは、もう光り輝いています。朝の調教でもそうした馬が来ると、周りの馬たちの影が薄くなる感じです。

たけし　急に強くなる馬はありますか？　例えば五歳ぐらいから強くなるとか、大器晩成型の馬はいるんですか。

岡部　それには下地があるんです。若い頃、ちょっと体が弱いんで、骨を折らせないように、さっきのボクサーの話ではないですが、わざと強い馬がいない下のクラスに置いておく。無理させないで、時間をかけてやっていくうちによくなっていく馬はいます。関係者はクラシックレース（三歳馬限定のGⅠの中で、桜花賞、皐月《さつき》賞、オークス、日本ダービー、菊花賞の五戦。皐月賞、日本ダービー、菊花賞を取った馬が三冠馬）に参加させたいという思いがありますから、そうしたレーススケジュールに合わせて馬を使おうとします。

たけし　例えば、チャーチルが言っているけど、「一国の宰相となるよりも、ダービー馬のオーナーになる方が困難だ」と。それぐらい馬のオーナーにとっては、ダービーを取るのは夢だから、無理をさせてしまうんだ。

岡部　三歳馬ではダービーには行けないんだけど、もうちょっと時間があればもっといい馬になるのに、というのは我々サイドだと分かるんです。そこで無理をして壊した馬はいっぱいいます。「このクラシックのスケジュールがなければいいのに」と思うことも少なくありませんでした。

たけし　騎手が落馬したり怪我《けが》したりして、次のレースは乗り替わり（前のレースと騎手が替わること）になることとって結構ありますよね。ところが、急に頼まれたのに、乗り替わりの馬が勝つことも多いんですが、どうしてですか。

岡部　いきなり頼まれるわけで、騎手の方にも馬に対する先入観がないからいいんじゃないですか。かえって、その馬の持つ新しい才能を引き出したりするということもあります。

たけし　「乗り替わり」のことを寄席《よせ》では「トラ」と言うんです。Wけんじさんが急に来られないから、「ツービート、代わりに入ってくれ」って。ところが、トラで出ると何やっても文句を言われないから、やりやすい。それで意外にうけるんですよ。

岡部　同じですよ。乗り替わりも乗るほうは気楽だから、結構勝てたりするのかもしれない。私も何回かそういうことがありました。しかし、逆に言うと、日頃乗っている馬に別の騎手が乗って、それで結果を出されたら、面子《メンツ》がたちませんよ。そのまま騎手を交代させられてしまう可能性もあります。ですから、騎手は病気でも怪我でも、必死で乗ろうとしますね。

たけし　乗り替わりは、得てして実力が上の騎手が乗りますよね。

岡部　その騎手がたまたま空いていれば、そうなりますね。乗り替わりに限らず、今はオーナーさんも調教師も空いている騎手を上位から順に探していって、騎乗を依頼しているという感じですから、トップジョッキーは、一日七、八回騎乗するのは当たり前。十回、十一回乗るジョッキーもいます。

たけし　そうすると、最高で一日幾ら稼ぐんだろう。騎手の賞金の歩合はどうなんですか。

岡部　一応賞金の五パーセントというのが騎手の歩合なんです。

たけし　賞金一億円のレースで五百万円、三千万円のレースで百五十万円か。武豊は三年連続二百勝。彼は一日七勝とかするから……。

岡部　それで高額賞金の重賞にでも勝っていれば……。

たけし　一日で何千万円も稼げることになるね。

岡部　武豊君は怪我をしないんです。大きな怪我で休んだのは、一回だけ。ほんとに休まないというのがすごい。週末に中央競馬で騎乗する他にも、合間を縫って週に二日ぐらいは平気で地方競馬にも行って乗っていますから。

たけし　武豊さんがそれだけ乗るっていうことは、乗る機会を失っている騎手が同数だけいるっていうことですよね。

岡部　そういうことです。すごくシビアになりました。

乗り手が動けなくなる理由

たけし　競輪の場合は本命をマークしていて、最後でまくっていくわけだけど、競馬の場合も、マークする馬や騎手を考えるわけですか。

岡部　レース前にどういうメンバーで、どういうジョッキーが乗っているかは、もちろん確認していきます。それで「あの馬が一番強そうかな」というのは考えますね。レース中も、その馬が今どこにいるのか、そういう意識はみんな持っています。

たけし　相手が後ろのほうにいても意識はできるんですか。

岡部　気配ですね。もちろん、少しくらいは後ろを向く場合はありますけれど。

たけし　ルドルフの前年に三冠馬になったミスターシービーとは、ルドルフは三回レースしていずれも勝っている。シービーは後ろから来るじゃないですか。気になったりしたんですか。

岡部　シービーはワンパターンのレースしかできない馬だったから、自分の競馬をすれば負けないなという自信はありましたね。勝負事はそういうふうに読まれたら、もう終わりです。ですから、ルドルフのように、どのようなレース展開もできるようにしておくのが、一番いいパターンなんです。

たけし　ルドルフはそういう意味では自在だったんですか。

岡部　何でもできましたね。逃げ切ったこともあるんです。流れに左右されないのが、やはり勝つ確率が高い一番の戦術なんですが、なかなかルドルフのようにはなりません。どうしても戦術が偏《かたよ》るのはしょうがない部分もあると思うんです。

たけし　ルドルフが負けたジャパンカップ（昭和五十九年）では、先行したカツラギエースに大逃げされましたが。

岡部　逃げ馬の場合はそれがあるんです。マークされず、競《せ》る馬がいないと、スタスタッと行ってしまうことがあります。逃げ馬は、別の馬が視界に入ってくると、もう嫌なんです。本人はあせってしまって、冷静にレースができない。心拍数が上がって、体力が消耗してしまって逃げ切れないんですね。

たけし 確かに逃げ馬は競られた瞬間にダメになりますね。

岡部 どうしても競られるとペースが速くなりますから。ですから、その辺は乗り手の読みなんです。みんなが逃げると思って、レースのペースが速くなることもあれば、みんなで牽制《けんせい》して遅くなってしまうこともあります。

たけし レースはやはり心理戦ですね。

岡部 レースに読みはある程度必要なんですけれど、そういう読みばかりしていてもダメです。もう臨機応変にやらないといけないんです。極端な話、進路一つ取るんでも、右に行こうか左に行こうかと迷って考えていたら、もうダメですね。ペースが速くなると、乗り手はどこからでも自分の意思で動けるんですけど、遅くなったら、もう動けない。一番先に動いたやつがバカを見ることになります。一番先に足を使ってしまうわけですから。それで、みんな動かなくなってしまう。見ているほうは、「行けばいいのに」と思っているでしょうけれど、動けないんですよ。レースでは、途中で自分から動いて足を使ってしまうと、しまいに足が使えなくなるから、いかに足をためといて残しとくか。そして、最終的にいいポジションにどうもって行くかが一番大事です。それで行く時には、一気にスパートして行くのがセオリーです。しかし、馬ですから、そこを上手にコントロールするのがまた難しい。乗り手が思っている通りに馬が動いてくれれば一番いいのですが、馬だって、生き物ですから、動いてくれないケースがすごくあるんです。

チャンピオンが強い馬をつくる

たけし　岡部さんからご覧になって、ディープインパクトとシンボリルドルフ、どちらが強いと思います？

岡部　ディープは、まだ最後方から行くパターンの競馬しかできないのがつらい。レース経験も浅いし、ディープはどこまで伸びていくのかわかりませんけれど、今のところは自由自在なレース展開ができる点で、ルドルフのほうがまだ上かな？

たけし　ルドルフはいつも余裕しゃくしゃくの勝ち方だった。あれはすごいと思いますよ。

岡部　そういうふうに調教したんです。要するに、五馬身勝っても半馬身勝っても、勝ちは勝ち。だから、余計な力を使わずに、抜き去ったら、もうそれでいいんだよというふうに教え込みました。が、国内最後のレースになった有馬記念（昭和六十年）だけは違いました。その時には、調教師の野平祐二先生から言われたんです。「ルドルフがどのぐらい強いか、最後だから見せてやれ」って。それで、あの時は四馬身離して勝ったんです。あの馬は、死ぬぐらいまで走れというふうに、レースをやったことはなかったですから。教えたからといって、全《すべ》ての馬にルドルフのような走りができるわけではありません。ルドルフは、そういう走りを覚えるために徹底して稽古《けいこ》をやったんです。しかし、ルドルフの稽古に付き合わされて、野平廏舎《きゅうしゃ》では壊れた馬がたくさんいますよ。

たけし　具志堅用高《ぐしけんようこう》さんのスパーリングのせいで、同じジムにいる他のボクサーはみんな壊されてしまったのと同じですね。一人だけ壊れなかったのが、その後、世界チャンピオンになった渡嘉《とか》ちゃん（渡嘉敷勝男《とかしきかつお》）。どこの世界でも同じなんだ。

岡部　シリウスと一緒に稽古をやっても、ルドルフと五分と五分ではスタートできないんです。シリウスは半周先の向こう正面の半分のところで待っていてスタートしても、ルドルフに勝てない。ルドルフは、それぐらい化け物みたいな強さがありました。でも、チャンピオンに稽古をつけてもらえば、強くなる。廏舎でも、毎年いい馬が出るところは、それだけのチャンピオンがいるところですね。

たけし　吉本興業からいい芸人が出るのは、そういうことか。たけし軍団は、ぼろぼろ廏舎。農耕馬ばっかりだって（笑）。ボクサーだと全勝で来ても、一度ＫＯ負けしてしまうと、弱くなってしまうことがあるんですね。連戦連勝の馬も一回負けると、負け癖がついてしまうようなことはないんですか。

岡部　それほど極端ではないと思いますが、今まで親分だったのが、とんでもなく強い馬とレースしたら、全然太刀打ちできなくて、ガタッときてしまうようなことはあります。ですから、競馬はタイムじゃないんですよ。五百万クラス（競馬には条件がないオープン戦と条件競走があって、条件競走ではレースの実績＝収得賞金に応じて五百万円以下、一千万円以下、一千六百万円以下と三つのクラスに分けられる）の馬で、オープン馬並みのタイムで走っているので、上のクラスに上げても大丈夫だろうと思ったら、全然通用しないことがあるんです。クラスの壁というのは、なかなか越えられない。

たけし　不思議ですね。ところで、三十八年間も馬に乗り続けてこられて、今は馬に乗りたくなることはないんですか。

岡部　競走馬は無理ですね。競走馬には毎日乗ってなかったら、乗れないですから。現役時代は、レースの次の日、月曜日は乗りませんでしたが、それでも二日乗らないでいると、何となく違和感があって、落ち着かないように感じたものです。

たけし　漫才の舞台でもそうだけど、二日空いたら、感覚を取り戻すのに一週間かかりますからね。引退されて、今は自分で馬券を買われることもあるんですか。

岡部　馬券を買うことはありますが、当てるのは難しいです。外れてばっかりいますね（笑）。

たけし　今の岡部さんの夢は何ですか。万馬券なんて言わないでくださいね（笑）。

岡部　いえいえ、馬券は……（笑）。とにかく今は生活を楽しんでいます。現役時代は、連泊の旅行とか、なかなかできなかったものですから、そんなことをして、楽しんでいますね。

たけし　それじゃあ、今度、暇があったら、たけし軍団を調教してください。

おいらはあんまり競馬をやらないからわからなかったけど、話を聞いてると、馬と騎手の関係は漫才のコンビと似てるんだよね。呼吸というか間というか、そういうのが非常に大事なんだ。漫才で全然笑ってもらえなかったら、あとで楽屋でお互い「お前、全然間が違うじゃねえかよ」なんて喧嘩《けんか》になるもんだし、大爆笑をとれたときは別々にニンマリしてる。競馬も同じようなことなんだろうな。勝つときはどっちが良いってことじゃなくて、呼吸とか間がぴったり合ったときなんだ。おいらもシンボリルドルフとか名馬を相方にすれば、もっと良かったかもね（笑）。㋟

金型プレスの達人 岡野雅行

岡野工業代表社員

真似《まね》できないものを作れなきゃ

おかの・まさゆき

昭和8年東京都墨田区生まれ。向島更正国民学校卒業後、家業の金型工業を手伝う。昭和47年父親から家業を継ぎ、岡野工業を設立、代表社員を名乗る。

他人が真似《まね》できない技術を持て！

たけし　岡野さんが代表社員を務める岡野工業といえば、町工場でありながら、その技術力の高さで社員六人で年商六億円を稼ぎ出す。最近ではテルモの「刺しても痛くない注射針」をつくったことで有名ですよね。対談の前に工場を見学させてもらったけれど驚いた。痛くない注射針は、外径〇・二ミリ、針穴の直径は八十ミクロン（〇・〇八ミリ）というすごく精密なことをやっているから、工場も静かなところで、全然揺れないところでやっているのかと思ったら、車がバンバン走る通りに面している（笑）。コンピューターの工場だと、近所に電車が通ってはいけないとか、中の温度が調整されていたり、ホコリが入らないように変な服着て作業したり神経質でしょう。

岡野　半導体の工場などではそういうのは必要なんだろうけど、うちはそんな程度まで いかなくても大丈夫。でも、温度はちゃんと管理していますよ。あと、掃除屋さんが一カ月に一回来て、中も外も掃除して、一見汚くも綺麗《きれい》にはしてある（笑）。

たけし　掃除屋に産業スパイが就職している可能性もあるんじゃないですか（笑）。

岡野　そういうのは注意しているね。最近は、材料屋さんと一緒の作業着を着て来るやつがいたんだよ(笑)。

たけし　以前は、トイレを借りるふりをして、中の工場の様子をのぞき見るやつがいたんでしょう。それで、岡野さんの工場では、トイレを外につくったという話を本の中で書いていますよね。わかるやつが見たら、少しでもヒントがあれば技術を盗めるわけでしょう。

岡野　音だけでもわかっちゃうことがあるぐらいだから。「これぐらいの回転で機械を動かしているんだな……」とかね。

たけし　ラーメン屋のスープの秘密と一緒だね。絶対に外には漏れないようにする。あるラーメン屋の秘密をどうしても知りたい奴《やつ》が毎日ごみ箱あさったら、オタフクソースの瓶が出てきた。「あっ、ソースなんだ」って、そのソースを使って、ラーメンをつくっても、全然味が違う。その日、そのラーメン屋の家族でお好み焼きをやっただけだった(笑)。

岡野　ほんと、どんなに相手が真似しようと思っても、真似できないものを作らなきゃ。特に、中国なんかには、真似できないものを作らなければダメなんだよ。日本だって、昔の職人が出来て、今は出来ないものが結構ある。

たけし　がま口のパッチンと閉まる金具が今出来ないらしいですね。

岡野　昔はハンドバッグも、あの金具だった。パチンといい音をさせるには、職人の感性が必要なんだ。ところが、それがつくれなくなっちゃったから、みんなファスナーになっちゃった。

たけし　岡野さんの本に出てくる一枚の鉄板からつくった鈴も、他ではできないんでしょう？

岡野　これでしょう（と机の上に並べてみせる）。手品じゃないけど、タネを明かせば簡単なんだ。でも、どうやって一枚の板から鈴をつくることができるのか、これは今でも他のやつらはみんなわからないんです。

たけし　これが岡野さんの得意とする「深絞り」という技術で作った鈴なんだ。一枚の平らな金属板を何度も圧縮し、継ぎ目のない製品を作る手法らしいですね。（鈴を見て）確かに継ぎ目がない。一枚の金属の板が、鈴の形になって、この紐《ひも》を結わいつけるリングも、鈴の中の音が鳴る玉も、全部一枚の板を加工したものだとは思えないな。

岡野　三十五年前に俺がまだ親父《おやじ》に金型を教わっているころ、うちにこれを頼みに来た人がいて、俺がつくったんだ。当時、金型代に三百五十万円かけた。うちが一軒買えちゃうほどのお金ですよ。だけど、これをつくったプレス屋さんは、六本木にビルを三つも建てちゃって、それで妾《めかけ》三人(笑)。

たけし　プレス屋さんは金型を買って、それをプレスの機械にくっつければ、あとは機械さえ動いていれば、技術がなくても製品が出来てしまうわけですね。

岡野　昭和四十年代に、この鈴が一個六十円で、毎日一万個も売れたんだよ。だからビルが建つはずだよ。

たけし　そうなると、お金を産んでいるようなもんだね。もともと岡野工業は親父さんの代から始まっていて、金型専業だった。しかし、それでは儲《もう》からないと思った岡野さんは、親父さんに「プレス屋をやりたい」と言ったら、「ダメだ」と反対されたそうですね。それで「工場が五時で終わった後ならば、工場を貸してくれていいだろう」って交渉したわけでしょう。

岡野　親父は「そんな汚いことするな」と大反対。「プレス屋さんの仕事を取るようなことは絶対するな」と言ったんだ。

たけし　その話を読んで思ったのは、要は魚河岸《うおがし》が寿司屋《すしや》をやるのと同じだって。そのほうが安くて旨《うま》い寿司屋が出来る。今は、それを売り物にしている店もあるぐらい。それと同じで、金型屋が直接プレスしてつくったほうが安くて大量生産ができるに決まっている。やっぱり時代を早く読んでいますね。

岡野　例えば、二、三十年前は、農家だって、消費者との真ん中に農協があって、農産物を直接売れなかった。我々の商売もそうなんだよ。金型屋とメーカーの真ん中にもプレス屋というやつがいた。ところが、今は農家が消費者と直結しようが、金型屋がメーカーと直結しようが、平気になっちゃった。これは実力本位ですよ。ほんとうに楽でいい。

親父の遺訓「国を信用するな、銀行を信用するな」

たけし　岡野さんは自分でどんどんプレスの仕事を取ってきて、三十九歳の時に親父さんに「引退しろ」と言ったんですよね。

岡野　俺も今考えると、悪いことしちゃったと思うよ。親父はまだ六十代だったもんな。だけど、死ぬ間際《まぎわ》になって、ようやく「よくやった」と褒めてくれた。うちの親父から教わったのは、「国を信用するな」、「銀行を信用するな」、「保険に入るな」、「人の保証人になるな」、「会社を大きくするな」と。親父たちの世代は、戦後の「預金封鎖」と「新円切り替え」を体験している。このおかげで、それまで銀行に預けていたお金が紙くず同然になった。俺は親父から、このことをずっと教わってきたから、だから銀行や国には騙《だま》されないで済んできたんですよ。
たけし　おいらだってそうですよ。交通事故のときに真っ先に「お金を返してください」と取りに来たのは銀行だもの（笑）。自分たちで「借りてください。取引してください」と頼んでおきながらだよ。それが復帰したら、「またお金を借りてください」と来たから、カミさんが「この人でなし」と怒ってね。
岡野　銀行というのはそういうもんだね。
たけし　今、銀行は超低金利でほとんど無利子でお金を借りてきては、高い利息で町工場とか中小企業に貸すみたいなことをしているでしょう。ところが、不景気でみんな金利さえも返せなくなって、町工場がダメになっていっている。
岡野　まったく、その通りだよ。
たけし　でも、岡野さんのところぐらいになると、どのメーカーが岡野さんと取引するか、取り合いになるんじゃないか。自《おの》ずと力の強い企業でないと取引できないとか。
岡野　力の強い弱いじゃないね。名前言うと悪いから言わないけれど、ある家電メーカーから来る話は全部、俺は断っているよ。そのメーカーには、随分騙されてきたから。騙されながら、いろんな研究が出来たから、結果的にはいいけどね。でも、過去に俺を騙したようなメーカーは、みんな大体潰《つぶ》れてやんの。ざまあみろ、この野郎って（笑）。

たけし　でも、岡野さんがどうやって騙されたの。

岡野　向こうから、こういうのをつくってくださいと言ってくる。それで、こちらがアイディアを出すと、話を聞くだけ聞いて、そのまま同じふうにつくってしまう。

たけし　アイディア泥棒だね。

岡野　昔はそんなことが多かった。でも、文句を言えなかった。プレス屋にしても、メーカーから下請けするでしょう。そうすると、メーカーには、この金型代一千万円かかりますと見積書を出す。ほんとうは十一工程でできるんだけど、二十工程かかりますとサバを読んで見積書を出すわけ。ところが十一工程の金型なんだから、金型代は六百万円ぐらいしかかからない。プレス屋はそこでも差額分まるまる儲けてしまうわけ。だからプレス屋は儲かるんだよ。俺は、講演会の時にも、この通りに言っていますよ。それで「プレス屋が文句あったら言ってこい」って、誰も言いに来ないよ。

たけし　岡野さんに言われたら、ぐうの音も出ない（笑）。

岡野　いやいや、ほんと騙されっぱなし。今でも金型屋さんは一番黒子の存在なんですよ。だからどんどん、やめていっちゃう。俺みたいのはちょっと変わり者だろ。変わり者だから生き残れたんですよ。みんなと同じだったら、とっくに潰れている。

たけし　岡野さんがモノをつくるとき、自分からこういうのができないかなと思ってつくるんですか。それともこんなのができないでしょうかと頼まれて、つくるんですか。

岡野　俺は発明家じゃないんだ。

たけし　頼まれたことをやるんだ。

岡野　そう、頼まれたことをやるわけ。たとえると、大学病院でも治らない、余命一カ月だと言われた「患者」がうちへ来るんだよ、「助けてくれ」って。つまり、どこへ持っていっても「できない」と言われた金型がうちに来るわけだ。

たけし　どこの金型屋に行ってもダメで、「もう悪いけど全くやりようがないよ」と言われたときに、「最後の頼みで、岡野のところへ行ってみるか」と。ここに来ると、岡野さんが「やりましょう」というふうになるわけだ。

岡野　そうなんだよ。

七年かかった仕事もあった

たけし　そんな難しい仕事ばかり引き受けていたんでは、下手したら、頼まれてから何年も経《た》ってしまうでしょう。

岡野　一番長くかかったのは、ある文具メーカーから依頼された万年筆のクリップ。あれを量産する自動プレス機をこさえるのに七年かかった。

たけし　頼んだほうは忘れていませんでした？

岡野　これが忘れない（笑）。だけど、敵もさる者ですごかった。でき上がって、先方がお金を支払う段になって、「お宅が七年かかったんだから、うちも七年で落とすような手形を書く」って、こうきやがるんだ。嫌な野郎でさ（笑）。でも、俺も「うちも納期に七年かかったんだから、それでいい」ってわけで、その代わり七台注文もらった。最初の一台は七年かかったけど、後は早い。一台つくるのに半年。まあ、結局もうけたけどね。

たけし　七年の手形というのはすごいね（笑）。

岡野　金のことを任せているうちの女房も、「うーん」って唸《うな》っていた（笑）。痛くない注射針だって、五年かかりましたよ。

たけし　それは最終的に大量生産する自動機をつくるまでにかかった時間ですよね。

岡野　これまでの針はパイプを短く切る方法だったんだけど、俺は世界で初めて平らな板を丸めて針を作った。その試作品をつくるのは早くて一年半でやっちゃった。それをいかに大量生産するか。そのためのプレス機を作るのに時間がかかって、それで全部で五年かかったわけですよ。

たけし　さっき見た注射針をバンバンプレスして量産する機械は、あれはどこでつくるんですか。

岡野　あれはプレス機を作っているメーカーに注文するんです。うちは金型専門のメーカーだからね。しかし、機械よりも問題は金型なんだ。金型がどこへ頼んでもつくれない。うちの婿《むこ》さん（娘婿・縁本幸蔵氏）が金型をつくっているんだけど、日本で唯一《ゆいいつ》、あいつにしかできない。

たけし　すでに一回つくっていてもダメなんだ。

岡野　普通の金型屋さんというのはまず図面を書く。そして、その中の部品は外に注文する。そして、出来た部品を組み立てるわけです。部品の注文を出すには、必ず公差（許しうる最大の寸法と最小の寸法の差）を指示しないといけない。そうしないと品物はできないんです。プラマイ百分の何ミリとか、プラマイ千分の何ミリとか書く。そうやって、でき上がったものを金型に組むわけだけど、針ができるまでは十工程あるとすると、公差が百分の一ずつ狂っても、それだけで何十分の一ミリと狂ってしまう。だから、痛くない注射針のようなものの金型を作るには、部品を外注するのではなくて、公差が生じないように最初から全部一人でつくらないといけないんですよ。

たけし　すごいお婿さんを見つけましたね。

岡野　すごいでしょう。俺はアナログだけど、あいつはデジタルだからな（笑）。そうそう、これ、見てください（ビールの缶を取り出す）。この飲み口のところの大きさ違うでしょう。

たけし　あっ、飲み口のところが、でかい。

岡野　でかいでしょう。こっちは普通のビールの缶で、小さいでしょう。ビールというのは、飲み口が大きいほうが旨い。飲み口が小さいと、「おっぱい吸ってるんじゃねえんだ」と文句のひとつも言いたくなる。

たけし　誰もそこまで言ってないって（笑）。

岡野　飲み口が大きいとガブーッと飲める。うちでこれをつくったのだけど、今の缶が売れなくなっちゃうんじゃないか、今の缶で売れているんだからいいんじゃないかと、既得権益を持った連中が抵抗してくる。俺のところにこの缶を依頼してきた会社の社内でも抵抗勢力が生まれているらしくて、このメーカーは今大変なんだよ。

たけし　ビールでもジョッキとかあるわけだから、缶ビールでも飲むほうはゴクゴクと飲みたいものですよね。

岡野　世の中は、いくらいいものをつくっても、必ず抵抗勢力がいて、それを潰そうとする。だから、世の中に出てこないものは、いっぱいあると思う。一つ新しいものをつくって世の中に出すというのは、ほんとに大変なんですよ。

これが出来たら、ノーベル賞？

たけし　ところで、ノーベル賞級の研究をしているという噂《うわさ》もあるんですが……(笑)。

岡野　ほんと、ノーベル賞もらえちゃうようなものだってやっているんだよ。世界で初めてというとんでもない技術を開発している。要するに、サトウキビや芋だけで走ることが出来る自動車が研究されているのは知っていますか。

たけし　そういえば、ブラジルは、エタノールで走る自動車が普及していて、今スタンドの半分がエコ燃料だというね。

岡野　ところが、今やろうとしているのは、エタノールどころか、水で走るんだからすごいですよ。今日は、ちょっとたけしさんにすごいのを見せちゃおう（と取り出したのは、ある機器。そこから伸びた電線を小さなファンに取り付ける）。これは水、それからエタノールをちょっと入れると（機器についている燃料管らしきものの中に液体を注ぐ）、これで電気が起こるんですよ。これは十年前から研究していて、ようやくメーカーから公開してもいいと言われたから見せることができるんだけど。

たけし　（ファンが回りだすのを見て）うわー。水とエタノールで電気が起きている。この機器の部分が燃料電池という奴《やつ》ですね。ここに岡野さんの技術があるんだ。

岡野　だから、今、携帯電話でも、充電器が必要とされていますが、あれもそのうち充電器は要らなくなりますよ。電池がなくなったなと思ったら水を入れてやればいい。そういう時代がもうそこまで来ているんです。

たけし　石油にばかり頼っていられないから、車のメーカーも早めにこっちに動かないと一瞬で時代に遅れちゃうんだ。でも、ロシアでこれが実用化されても、燃料がアルコールの水割りだと、夜中にこれをみんな飲んじゃうと思うな（笑）。

岡野　それで企業の中には、エタノールの原料となる芋とサトウキビの増産計画をオーストラリアとインドネシアでやっているところもあるでしょう。サトウキビなんか一年で一回しか収穫できない。ところが、燃料の原料として考えたら、それでは追いつかない。だから、芋でもサトウキビでも一年に二回収穫してしまう栽培法もちゃんと考えているらしい。

たけし　下手すると、これが実用化されると政治が変わってしまう可能性はありますね。石油なんか要らなくなって、サウジなんか「おまえなんか用はない」と。サウジの王様も、もうラスベガスで遊べなくなってしまうね（笑）。

岡野　だから、どんどん時代は変わってきている。村上ファンドやホリエモンなんていうのは、全く何もわかっていない奴らで、気の毒なんだよ。

たけし　おいらもライブドアとか村上ファンド、大っ嫌いでね。何もつくらないくせに、金儲《かねもう》けだけはしている。あいつらのビジネスは「人の褌《ふんどし》で相撲を取っている」と批判されるけれど、おいらに言わせれば、褌も締めてない（笑）。フルチンで相撲取っているようなもんだもの。人の褌ぐらい締めろって。

岡野　ほんと、そのとおり。ふざけやがってさ。こっちは汗水たらして物をつくっているのに。ちょっと前に長者番付に出たでしょう。ホリエモンなんて納めている税金が俺よりも少ないんだ。ふざけた奴だよ。俺らは苦労して、大企業にだまされっぱなしできたからな。だから、人間がこういうふうに悪くなっちゃったんだ（笑）。

たけし　岡野さんのところは、これだけ有名になっていれば、入社させてくれっていろんな人が来るでしょう。

岡野　ああ、来ますよ。でも、俺は知らない人には絶対頼まない。うちは全部縁故採用なんですよ。

たけし　それはやっぱり情報漏れとかの心配ですか？

岡野　そう。万が一、うちの会社から情報が漏れて、相手の会社に迷惑がかかってしまうと困るでしょう。だから、身元がわかっている人間しか雇わない。

たけし　それで何人に一人が職人として役に立ちますか？

岡野　うーん、これはやってみないとわかんないね。たけしさんもわかっていると思うけれど、やっぱり若いとき遊ばないとだめなんだよ。「遊び」って言うと、みんな変なように思うでしょう。そうじゃないんだよ。遊びの経験が全部、こういう物づくりにもつながる。ほんとここが問題なんだ。今の若い子なんて遊んでないだろう。もっとわかりやすく言うと、昔の落語家なんていうのは、自分で吉原へ行って遊んできて、その話を舞台で話すから面白い。今は、本読んで話しているだろう。だから、全然面白くないんですよ。

遊びつくせば、真面目《まじめ》になる?

たけし　吉原もなくなっちゃったし、今は芸人が遊び方を間違えたら、そのまま警察に売春防止法違反で持ってかれちゃうんだから（笑）。

岡野　いや、警察どころか、何年先にはエイズで死んじゃうかもしれない。命がけで遊ばなきゃなんない（笑）。このあたりは、昔は玉ノ井という遊郭があってね。子供の頃から、その玉ノ井の遊郭のお姐《ねえ》さんやお客さん、やくざのお兄さんから、ずいぶんといろんなことを学びましたよ。

たけし　おいらのうちがあった足立区の梅田なんてところも、雰囲気が悪かったな。でも、悪い人もいっぱいいたけれど、危ないわけじゃない。安全なんだよ。やくざのおじさんが、よそ者の変なのはいじめてくれるから。

岡野　ここらも同じですよ。昔は、俺らがいじめられていると、近所のやくざのお兄さんが助けてくれるんだから。

たけし　子供の時に、たばこ吸っていたらね、やくざのおじさんが「バカ野郎、俺みたいになっちゃうぞ」って（笑）。

岡野　俺たちが餓鬼の頃は、みんな銭湯に行く。夕方ぐらいから、やくざのお兄さんたちは風呂《ふろ》に入ってきて、俺らをつかまえては、「背中を洗え」って。それで、彫り物がすごいでしょう。でも、立派な虎《とら》の彫り物なのに片目がない。それで俺も餓鬼だから、「おじさんの虎は、どうして目が一つしかないの」とか聞いちゃうんだよ。「そんなのわざわざ見るんじゃねえ」って。ほんとは痛いから途中で止《や》めてたんだね（笑）。

たけし　金がなくて止めちゃうこともある（笑）。

岡野　虎のしっぽがない彫り物とか、いろいろあったよ（笑）。

たけし　この辺は女工さんが一杯いたんですよね。

岡野　そう、鐘紡もあったし、セイコーの服部《はっとり》時計店の工場もあった。シャープや資生堂とか一杯あったね。それで、ある工場の女工さんたちは、玉ノ井の二軍なんだ（笑）。工場で働くよりも、玉ノ井に行ったほうが稼げるから、みんなそっちに行ってしまう。玉ノ井に行ったら、知り合いの女工さんがいて、「お前、どうしてこっちにいるの」なんてこともあった（笑）。

たけし　おいらが吉原のソープに行ったら、小学校の同級生に会っちゃったみたいな話だな（笑）。裸になったら「北野君お久しぶり」って言われて、もう頭痛くなっちやった。頭洗って小遣いあげただけで帰ってきましたよ。

岡野　突然だけど、たけしさん、「おさら」って知っていますか。

たけし　うふふふ（笑）。

岡野　玉ノ井に遊びに行くと、いい女なんだけど「おさら」に当たるときがあるんだな。今は手術で治るらしいけど、男の雁首《がんくび》までしか入らないのを「おさら」と言うんだよ。

たけし　技術のすごさと玉ノ井の「おさら」の話を同時にしてしまうところが、岡野さんの天才たる所以《ゆえん》だね（笑）。随分とキャバレーにも通ったらしいけれど、何処《どこ》に行ったんですか。

岡野　錦糸町《きんしちょう》ですよ。あと浅草に行ったな。まだ、そんなに金がなくて、銀座までは行けなかった。

たけし　あそこには行かなかった？　鶯谷《うぐいすだに》の「スター東京」。

岡野　あー、「スター東京」も行きました（笑）。あと、ちょっと金があると神楽坂《かぐらざか》の「ムーンライト」とかね。

たけし　だけど、キャバレー通いをしていたのが、台湾に行って、変わったというんだけど。

岡野　そう。台湾に行って真面目になって帰ってきたんです。東京では夜、家にいたことはないわけだよ。うちの女房にはお金には困らせたことはないけれど、精神的にはすごく困らせただろうと思うよ。仕事と遊びに夢中で、子供がいつの間に大きくなったのかもわからねえんだから。台湾の高雄《たかお》に仕事で行くことがあった。そのとき、うちの女房にみんなが告げ口するわけ。台湾は「男性天国」でいろんな遊びができるから、「おたくの社長は台湾に行ったら絶対もう帰って来ない」、「奥さん、行かせないほうがいいんじゃないんですか」と。ところが、その逆だよ。東京でしっかり遊んでいたから、向こうに行ったら目覚めちゃったわけ。

たけし　家族愛に目覚めちゃったわけですか。

岡野　そうなんですよ。何でかというと、台湾のホワイトカラーの課長や部長は毎週末になると、ホテルのディナーショーみたいなのに、家族連れでやってくる。ブルーカラーはブルーカラーで、屋台で家族揃《そろ》って飲んだり食ったりやっているんだよ。東京じゃあ、俺はそんなの見たことない。台湾の文化っていうのはすごい、東京に帰ったら真似《まね》しなきゃいけないと。ほんとに、それまで恥ずかしいことやってきたなと思ったよ。

たけし　おいらたちは、高田文夫さんたちと三、四人で台湾に行ったら全員「変なもん」もらって帰ってきた。帰りの機内でトイレから帰ってくると死にそうな顔していた（笑）。

岡野　それからは、もうどこに行くのもうちの女房と二人。デパートでもどこでも女房と二人だし、いろんなところに家族で旅行に出かけるようになりましたよ。

「利口な人間」と「頭のいい人間」は違う

たけし　岡野さんはお酒を飲まないんですよね。それでも、若い頃はキャバレーで遊んでいて、楽しかったんですか。

岡野　そう全然飲まない。だからうちの女房が怒るわけ。「あんた、飲まないのに何で行くんだい」って。でも、面白かったね。昔は女の人がいろんな話をしてくれて、楽しい気分にして遊ばせてくれたもんだ。今のキャバレーは、こっちが女の人を楽しくさせて遊ばさなきゃいけないだろ、バカバカしい。

たけし　仕事仲間と一緒に、そういうところで遊ぶことで、いろいろと学ばれたそうですね。

岡野　やっぱり世渡り術を教わりましたよ。人間には、二種類ある。「利口な人間」

で「頭のいい人間」は違うんだということもわかった。頭のいい奴は学校の勉強はできるけど世渡り下手だよ。利口な奴は世渡りが上手《うま》くて、何かと応用がきくんだ。国会議員でも何でもそうでしょう。「あのあの、えーとえーと」なんて言う奴は大体頭が悪い。「あの、えーと」なんて言ってるんじゃ、世の中もうおしまいだよ。

たけし　亡《な》くなった大平元首相に言ったら、ぶん殴られるんじゃないの（笑）。ところで、岡野さんは、どういうところでアイディアを思いつくんですか。

岡野　アイディアを思いつくか否《いな》かは、やっぱり世の中いかに遊んできたか、いろんな失敗をしてきたかだよ。失敗すれば何だってうまくなる。二度と失敗しないようになるんだから。だから、仕事の上手な人は、うんと数多く失敗している。言っちゃなんだけど、失敗しないやつは何にもできないよ。

たけし　仕事の最中に、アイディアがひらめくんですか。

岡野　ひらめくんじゃない。ずっとそればっかりやってると大体頭がそうなってくるんだ。だから、みなさんゴルフとかマージャンとかパチンコとか行くでしょう。俺は全然行きたかない。仕事をやってたほうが楽しいもの。みんなから「嘘《うそ》つけ」って言われるんだけど、仕事のほうが面白くて楽なんだよ。それに新しいものばっかりつくっているだろう。まして世界初のものばっかりだから、できたときに気分がいいんだよ。

たけし　行き詰まることはないんだ。

岡野　行き詰まったときは歩くね。マラソンでもいいけれど、歳《とし》をとったらマラソンだったら苦しいから歩くの。でも、最近は行き詰まったことないね。

たけし　もう行きっぱなし（笑）。

岡野　うん。どんどん次の課題がやってくるからね。

たけし　自分の親父《おやじ》さんには六十代で「引退してくれ」と言ったわけだけど、岡野さんは幾つまで現役でやるつもりですか。

岡野　俺は死ぬまでやりたいね。俺がうちの婿《むこ》さんに「おまえ、やれ」って言っても、あいつがまたやらないんだよ。

たけし　そうは言っても、すごい技術者なわけでしょう？　どこで見つけたんですか。

岡野　俺もうちの長女も、海に潜るのが好きなんだ。それで、娘がモルディブの海に潜るツアーに行ったら、そのツアーの中に、あいつがいた。結婚してからも、ニコンに勤めていたんだけど、今から約三十年前、ニコンは不景気で、金、土、日が休みで、普段も四時半で終る。それで、やつは真面目なものだから、暇をもてあましてしょうがないから、うちでアルバイトさせてくれと言う。それでアルバイトを二年間ぐらいやっていたら、ある日突然、「ちょっとお願いがあるんだけど」って、夜中に来たんだよ。「お願い」っていうのは、大体ろくな話じゃない。だから、最初に「金は貸さねえぞ」って言ったんだ（笑）。

たけし　いきなり「金は貸さない」じゃ、驚くよね。

岡野　「お金の話じゃないんだ」って言うから、「何なんだ」って聞いたら、「ここで働きたい」って言うんだよ。「こういう仕事を、俺はやりたいんだ」と。俺も言ったの。「おまえね、ニコンから何でこんな腐った会社に来るの」って。

たけし　岡野さんのところは、「腐った会社」ですか（笑）。

岡野　だって跡取りいないから、設備投資はしない、雨は漏っても工場は直さない。なのにニコンを辞めてうちへ来るって言うんだ。これには俺も驚いたよ。「だけど、あんたが失敗しても、俺は責任を負わないよ」って。それで俺も一つの例を言った。「おまえね、女性歌手でも顔がいい、声がいい、スタイルがいいというだけで紅白出られるとは限らないんだよ。インチキな女ほど出ちゃう。それと同じで、この業界も、頭がよくて腕がよくても、成功するとは限らない。だから、やめたほうがいいんじゃないか」と言ったんだけど、それでも「是非、やらせてくれ」って言うんで、「それじゃあ、やりなさいよ」って。

たけし　そうだったんですか。
岡野　結局、やつはニコンを辞めて、成功したほうだね。家は建つわ、月給だって高い。だけど、あの男の技術はとにかくすごいよ。おれも七十三年間生きてきて、いろんな職人とつき合ったけど、あんなやつはいない。
たけし　娘さん、でかしましたね。
岡野　そう。だから、家では俺よりもえばっている（笑）。
たけし　でも岡野さんのところは、一人年商一億円もあげていて、何にお金を使っているんですか。
岡野　使わないと余っちゃうから、今度の夏休みは、家族に加えて日頃お世話になっている人たちを感謝の気持ちをこめて招待して総勢二十人で、往復ビジネスクラスを使って一週間バリ島に行こうとしているんだよ。それでお金を使っちゃおうと。
たけし　それじゃあ、先回りしてバリ島に行って、キャバレーつくっておこうかな（笑）。
岡野　もちろん税金はきちんと納めていますよ。だけど、税務署が言う以上に納めることもないので、あとは社員みんなに還元すればいいじゃないかと。それでも余れば、臨時ボーナスも出す。うちの社員は、もうやりたい放題だよ（笑）。

たけし　「やりたい放題だよ」とはすごい（笑）。岡野さんは社員にも「遊べ」って言っているんだ。

岡野　そうですよ。三時の休みに「ビール飲んでもいいよ」って言っているんだから。ビールを飲んでも仕事ができるのならば、飲んでもいい。その代わり、ビールを飲んで仕事ができなかったら飲むなと。で、うちの〝社歌〟はすごいよ。

たけし　どんな〝社歌〟なんですか。

岡野　植木等の「スーダラ節」を〝社歌〟にしている（笑）。「わかっちゃいるけどやめられねえ」という、あの歌詞は世の中がよくわかる文句ばかりだね。工場にステレオがあって、パッとかければ、「スーダラ節」が流れるようになっている。

たけし　ほかの工場で、岡野さんの真似をして、その曲をかけている工場があったら笑えるな。「スーダラ節」が岡野工業の秘密だとか思って（笑）。

岡野　うちの工場で働いている人間は、「月曜日に、工場に来るのが楽しい」って言うんだ。涼しくて、ビールは飲める環境で、やりたいことやっているんだから、家にいるより楽だよ。

たけし　岡野さんは、ほんと下町の親父という感じだな。「バカやろう」「ふざけんな」と口は悪いけれど、でも、その反面やさしさがあったりしてさ。なんか下町の文化をそのまま表している。そんな下町文化がある限り、中国がどんなに真似しようとしても、安心だね。

㋟　この岡野さんっていう人は、実はすごく真面目《まじめ》で繊細で細かなことに気を遣ってる人なんじゃないかと思った。おいらと同じ。でも、自分の真面目さが嫌で嫌でしょうがなくて、わざと酒飲みに行ったりオネエチャンと遊んだりしてるんじゃないかって。ここもおいらと同じ。単なるイケイケの豪傑じゃ、あんな凄《すご》いものを作れないよ。それに、娘さんの旦那《だんな》をちゃんと天才だって分かって立ててるんだから、あの二人はツービート以上のいいコンビだね。相変わらず下町には、面白い人間がいっぱいいるね。

ハシゴを上れ——あとがき

みんな本当に運のいい人たちだな。「達人対談」が終わるたびにそう思っていたよ。この「運」という言葉は、「究極の努力」と言いかえてもいい。

今の時代、何をやっていいのか分からない人や、自分の仕事のおもしろさに気づかないで終わってしまう人がたくさんいるのに、この人たちは、自分が本当に好きなことを見つけて、なおかつその楽しさを発見できた。だから徹夜なんかもいくらしたって平気で、とことん夢中になれる。そういう自分の天職に気づく、本当の運があった人たちなんだね。

おいらも達人かって？　おいらはダメだ。いろんなことに次から次へと手を出すから、「趣味人」でしかない。まだ遊びの域を出てないんだ……。

本当にやりたいことをやるためには、まず目の前の長いハシゴを上らないといけないね。運のない人は、その努力を惜しむんだ。おいらの場合、最初のハシゴは松竹演芸場の漫才だった。でも、そのハシゴを苦労しながら上ったからこそ、映画をやったり、絵を描いたり、別のいろんなハシゴをあみだくじみたいに、そこから上の方へかけられた。演芸場のところでうじうじしていたら絶対届かなかったハシゴばかりだったはずだよ。だから、やりたいことがあるなら、まずそのやりたいハシゴに届く位置まで、とにかく一所懸命に上るしかない。

映画を撮るためにも、あらゆる種類のハシゴがあるよ。お金を稼いでもいいし、漫才で名前を売ってもいいし、借金して撮ってもいいわけだしね。そうやってとにかく最初のハシゴを上って、映画を撮れる状況を作れない奴《やつ》は、映画の才能がないのと結局同じことになってしまう。やりたいなら、やれるような位置にいけるまで、ひたすらハシゴを上らないとね。

いくら一〇〇メートル五秒で走れるって言ったって、金メダルをとるには、まず実に間抜けな田舎の運動会から走って、速いってことを見せないといけないのと同じことだよ。あらゆる方法を使って晴れ舞台に上がる努力をして、それでなおかつ成功を収めて、はじめて「達人」なんだ。大変なことだよ。

だから、「達人」に会うのは、勉強になるし、いいなあって思う。余計なことに煩《わずら》わせられず、好きなことをやって家族まで養える、うらやましい人たちだよ。いつの時代でも、こういう人になりたいと思う。好きでずっと続けているうちに達人になった人、苦労の末に達人になった人、いろいろなタイプがいたけれど、でも、その仕事が好きだということと、苦労してもやめない、っていうところは共通してた。

それにしても、みんなよくしゃべったね。自分の好きなことだから、いくらでも話せるんだろうけど、おいらより、よくしゃべるんだから、やっぱり「達人」はすごいよ！

この作品は平成十八年十一月新潮社より刊行された。
肩書き、データ等は単行本刊行時のままとした。

ビートたけし著

少年

ノスタルジーなんかじゃない。少年はオレにとっての現在だ。天才たけしが自らの行動原理を浮き彫りにする「元気の出る」小説3編。

ビートたけし著

浅草キッド

ダンディな深見師匠、気のいい踊り子たちに揉まれながら、自分を発見していくたけし。浅草フランス座時代を綴る青春自伝エッセイ。

ビートたけし著

たけしくん、ハイ！

ガキの頃の感性を大切にしていきたい——。気弱で酒好きのおやじ。教育熱心なおふくろ。遊びの天才だった少年時代を絵と文で綴る。

ビートたけし著

菊次郎とさき

「おいらは日本一のマザコンだと思う」——。「ビートたけし」と「北野武」の原点がここにある。父母への思慕を綴った珠玉の物語。

ビートたけし著

頂上対談

そんなことまで喋っていいの——!? 各界で活躍する〝超大物〟たちが、ついつい漏らした思わぬ「本音」。一読仰天、夢の対談集。

ビートたけし著

悪口の技術

アメリカ、中国、北朝鮮。銀行、役人、上司に女房……。全部向こうが言いたい放題。沈黙は金、じゃない。正しい「罵詈雑言」教えます。

ビートたけし著

巨頭会談

そんな驚きの事実があったのか――。政界からスポーツ界まで、各界の〝トップ〟が、たけしだから明かした衝撃の核心。超豪華対談集。

小谷野敦著

すばらしき愚民社会

物を知らぬ大学生、若者に媚びる知識人、妄信的な嫌煙家。世の中みんなバカばかり！言論界の異端児が投げかける過激な大衆批判。

中島義道著

私の嫌いな10の言葉

相手の気持ちを考えろよ！　人間はひとりで生きてるんじゃないぞ。――こんなもっともらしい言葉をのたまう典型的日本人批判！

中島義道著

働くことがイヤな人のための本

「仕事とは何だろうか？」「人はなぜ働かなければならないのか？」生きがいを見出せない人たちに贈る、哲学者からのメッセージ。

中島義道著

カイン
―自分の「弱さ」に悩むきみへ―

自分が自分らしく生きるためには、どうすればいいのだろうか？　苦しみながら不器用に生きる全ての読者に捧ぐ、「生き方」の訓練。

中島義道著

狂人三歩手前

日本も人類も滅びて構わない。世間の偽善ゴッコは大嫌い。常識に囚われぬ「風狂」の人でありたいと願う哲学者の反社会的思索の軌跡。

岡田節人
南伸坊 著
生物学個人授業
恐竜が生き返ることってあるの？ 遺伝子治療って何？ アオムシがチョウになるしくみは？ 生物学をシンボーさんと勉強しよう！

多田富雄
南伸坊 著
免疫学個人授業
ジェンナーの種痘からエイズ治療など最先端の研究まで——いま話題の免疫学をやさしく楽しく勉強できる、人気シリーズ第2弾！

河合隼雄
南伸坊 著
心理療法個人授業
人の心は不思議で深遠、謎ばかり。たまに病気になることも……。シンボーさんと少し勉強してみませんか？ 楽しいイラスト満載。

水木しげる著
ほんまにオレはアホやろか
子供の頃はガキ大将で妖怪研究に夢中で、入試は失敗、学校は落第。そんな著者が「鬼太郎」を生むまでの、何だか元気が出てくる自伝。

水木しげる
村上健司 著
水木しげるの日本妖怪紀行
ウブメ、火車、ろくろ首。日本全国に伝わる怪異を、水木しげるが案内。「鬼太郎」に胸ときめかせたあなたに贈る、大人の妖怪図鑑！

養老孟司
宮崎駿 著
虫眼とアニ眼
「一緒にいるだけで分かり合っている」間柄の二人が、作品を通して自然と人間を考え、若者への思いを語る。カラーイラスト多数。

養老孟司著　**脳のシワ**

死、恋、幽霊、感情……今あなたが一番知りたいことについて、養老先生はこう考えます。解剖学者が解き明かす、見えない脳の世界。

養老孟司著　**運のつき**

好きなことだけやって死ね。「死、世間、人生」をずっと考え続けてきた養老先生の、とっても役に立つ言葉が一杯詰まっています。

養老孟司著　**かけがえのないもの**

何事にも評価を求めるのはつまらない。何が起きるか分からないからこそ、人生は面白い。養老先生が一番言いたかったことを一冊に。

谷川俊太郎著　**夜のミッキー・マウス**

詩人はいつも宇宙に恋をしている――彩り豊かな三〇篇を堪能できる、待望の文庫版詩集。文庫のための書下ろし「闇の豊かさ」も収録。

フジコ・ヘミング著　**フジコ・ヘミング 魂のピアニスト**

いつも厳しかった母、苦難の連続だった留学生活、聴力を失うという悲劇――。心に染みる繊細な音色の陰にあった劇的な半生。

二神能基著　**希望のニート**

労働環境が悪化の一途をたどる日本で若者はどう生きていけばよいのか。ニート、引きこもりの悪循環を断つための、現場発の処方箋。

紅山雪夫著

ヨーロッパものしり紀行
―《神話・キリスト教》編―

美術館や教会で絵画や彫刻を見るのが楽しくなるだけでなく、ヨーロッパ文化の理解が断然違ってくる！　博覧強記のウンチク講座。

紅山雪夫著

ヨーロッパものしり紀行
―《くらしとグルメ》編―

ワインの注文に失敗しない方法、気取らないレストランの選び方など、観光名所巡りより深くて楽しい旅を実現する、文化講座2巻目。

紅山雪夫著

ドイツものしり紀行

ローテンブルク、ミュンヘンなど重要観光スポットを興味深いエピソードで紹介しながら、ドイツの歴史や文化に対する理解を深める。

紅山雪夫著

イタリアものしり紀行

名所古跡を巡るローマ、美しき水の都ヴェネツィア……。その魅惑的な文化、歴史、名所を余す所なくご案内する、読むイタリア旅行。

紅山雪夫著

フランスものしり紀行

フランスの町々が秘めた数多の歴史を知れば、旅はさらに楽しくなる。興味そそるエピソード満載であなたをロマン漂う国へ誘います。

妹尾河童著

河童が覗いたヨーロッパ

あらゆることを興味の対象にして、一年間で歩いた国は22カ国。泊った部屋は115室。旺盛な好奇心で覗いた〝手描き〟のヨーロッパ。

瀬戸内寂聴
玄侑宗久著

あの世 この世

あの世は本当にありますか？ どうしたら幸福になれますか？ 作家で僧侶のふたりがやさしく教えてくれる、極楽への道案内。

瀬名秀明
太田成男著

ミトコンドリアのちから

メタボ・がん・老化に認知症やダイエットまで！ 最新研究の精華を織り込みながら、壮大な生命の歴史をも一望する決定版科学入門。

小澤征爾著

ボクの音楽武者修行

“世界のオザワ”の音楽的出発はスクーターでのヨーロッパ一人旅だった。国際コンクール入賞から名指揮者となるまでの青春の自伝。

小澤征爾
武満徹著

音楽

音楽との出会い、恩師カラヤンやストラヴィンスキーのこと、現代音楽の可能性——日本を代表する音楽家二人の鋭い提言。写真多数。

小澤征爾
広中平祐著

やわらかな心をもつ
—ぼくたちふたりの運・鈍・根—

我々に最も必要なのはナイーブな精神とオリジナリティ、即ち〈やわらかな心〉だ。芸術・学問から教育問題まで率直自由に語り合う。

和田誠
村上春樹著

ポートレイト・イン・ジャズ

青春時代にジャズと蜜月を過ごした二人が、それぞれの想いを託した愛情あふれるジャズ名鑑。単行本二冊に新編を加えた増補決定版。

本山賢司著　［図解］さかな料理指南

男の料理は、簡単手軽が大事。魚の目利きから、おろし方、焼き方、味付まで、妙技の数々をイラストで明快伝授。秘伝レシピ満載。

本山賢司著　［図解］焚火料理大全

野外では、炎や煙さえもがご馳走だ。初歩の火の熾し方から、直火焼きや鍋料理、そして佃煮の作り方まで、料理のコツとワザを満載。

下川裕治著　5万4千円でアジア大横断

地獄の車中15泊！　バスを乗り継ぎトルコまで陸路で行く。狭い車内の四角い窓から大自然とアジアの喧騒を見る酔狂な旅。

筒井ともみ著　食べる女

人生で大切なのは、おいしい食事と、いとしいセックス——。強くて愛すべき女たちを描く、読めば力が湧きだす短編のフルコース！

筒井ともみ著　舌の記憶

母手製のおはぎ、伯母のおみやげのマスカット。季節の食べものの味だけが、少女時代の思い出のよすが——。追憶の自伝的エッセイ。

ＴＤＲ研究会議著　ディズニーリゾート150の秘密

東京ディズニーランド開園20周年を記念し、世界最高権威の研究集団が徹底的な取材で解明した、ＴＤＲ150の秘密を一挙大公開。

佐藤雅彦著
四国はどこまで入れ換え可能か

表現の天才・佐藤雅彦による傑作ショート・コミック集。斬新な視覚の冒険に、アタマとココロがくすぐられる、マジカルな1冊。

小泉武夫著
不味い！

この怒りをどうしてくれる。食の冒険家コイズミ教授が、その悲劇的体験から「不味さ」の源を解き明かす。涙と笑いと学識の一冊。

小泉武夫著
くさいものにフタをしない

ニオイを無くしたら食の魅力は半減。あのクサイの先に真の美味が待っている。コイズミ教授によるユーモアたっぷりの食文化講義。

甲野善紀
田中聡著
身体から革命を起こす

武術、スポーツのみならず、演奏や介護にまで変革をもたらした武術家。常識を覆すその身体技法は、我々の思考までをも転換させる。

澤地久枝著
琉球布紀行

琉球の布と作り手たちの生命の物語。沖縄に住んだ著者が、琉球の布に惹かれて訪ね歩いて知った、幾世代もの人生と多彩な布の魅力。

酒井順子著
都《みやこ》と京《みやこ》

東京vs.京都。ふたつの「みやこ」とそこに生きる人間のキャラはどうしてこんなに違うのか。東女《あずまおんな》が鋭く斬り込む、比較文化エッセイ。

小川洋子著　まぶた

15歳のわたしが男の部屋で感じる奇妙な視線の持ち主は？　現実と悪夢の間を揺れ動く不思議なリアリティで、読者の心をつかむ8編。

小川洋子著　海

「今は失われてしまった何か」への尽きない愛情を表す小川洋子の真髄。静謐で妖しく、ちょっと奇妙な七編。著者インタビュー併録。

川上弘美著　ニシノユキヒコの恋と冒険

姿よしセックスよし、女性には優しくこまめ。なのに必ず去られる。真実の愛を求めさまよった男ニシノのおかしくも切ないその人生。

川上弘美著　センセイの鞄
谷崎潤一郎賞受賞

独り暮らしのツキコさんと年の離れたセンセイの、あわあわと、色濃く流れる日々。あらゆる世代の共感を呼んだ川上文学の代表作。

吉本ばなな著　とかげ

私のプロポーズに対して、長い沈黙の後とかげは言った。「秘密があるの」。ゆるやかな癒しの時間が流れる6編のショート・ストーリー。

吉本ばなな著　白河夜船

夜の底でしか愛し合えない私とあなた——生きてゆくことの苦しさを「夜」に投影し、愛することのせつなさを描いた〝眠り三部作〟。

達人《たつじん》に訊《き》け！

新潮文庫　ひ－11－21

平成二十一年六月一日発行

著者　ビートたけし

発行者　佐藤隆信

発行所　株式会社新潮社

郵便番号　一六二―八七一一
東京都新宿区矢来町七一
電話　編集部(〇三)三二六六―五四四〇
　　　読者係(〇三)三二六六―五一一一
http://www.shinchosha.co.jp

価格はカバーに表示してあります。

乱丁・落丁本は、ご面倒ですが小社読者係宛ご送付ください。送料小社負担にてお取替えいたします。

印刷・大日本印刷株式会社　製本・株式会社大進堂

ISBN978-4-10-122531-9　C0195